大唐狄公案

朝云观

Robert van Gulik
THE HAUNTED MONASTERY

〔荷兰〕高罗佩——著
张凌——译

上海译文出版社

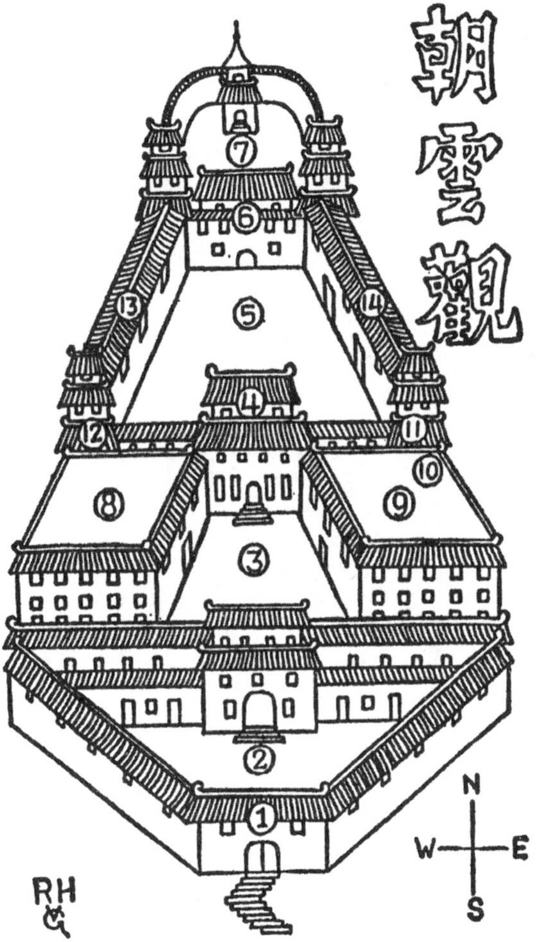

朝云观

1. 山门　2. 前庭　3. 二庭　4. 三清殿　5. 中庭　6. 住持居处　7. 内庭　8. 西楼
9. 东楼　10. 狄公居处　11. 仓房　12. 孙鸣居处　13. 阎罗殿　14. 群房

插 图 一 览

人 物 表

狄 仁 杰：汉源县令。朝云观位于汉源县境内。

陶　　干：狄公的亲信随从。

真　　智：朝云观住持。

玉　　镜：朝云观前任住持。

孙　　鸣：得道高人，曾任国师，致仕后居于朝云观内。

包 太 太：寡妇，家住京城。

白　　玫：包太太之女。

宗　　黎：诗人。

关　　莱：戏班班主。

丁 小 姐：女伶。

欧阳小姐：女伶。

莫 摩 德：男伶。

一

两名男子彼此靠近，坐在一间密室内，默然静听呼啸的风声。这密室建在古老道观的塔楼之上，此时外面山岭漆黑，狂风大作，即使窗上关着厚实的木头遮板，依然透入一阵阵寒气。

室内只点着一支蜡烛，将两条人影投在墙上，看去颇为狰狞古怪。其中一人面色不安，望着摇曳的烛火，疲惫说道："为何你非得在今晚行事？"

"因为这是我挑中的日子！"另一人闲闲答道，"适逢盛典，岂不是机会绝佳？"

"偏要赶上来人众多的时候？"前者说话间颇显犹疑。

"难道你怕了不成？"后者冷笑一声，"上一回你可是不怕的，莫非不记得了？"

前者并未答言。远山中传来雷声滚滚，紧接着暴雨倾盆，雨点打在遮板上啪啪作响，听去犹如冰雹一般。只听他忽又说道："不，我并不是害怕，不过仍得再说一遍，那个面目阴沉的家伙看去似曾相识，总是令我放心不下，却又想不起来到底在何时何地……”

“劳你费心，实在过意不去!”后者佯装客气地插言道。

前者皱起眉头，“今番还望你不要取了她的性命。说不定众人会记住此事，并开始怀疑为何三个……”

“这全得看她自己是否知趣了，可是如此?”后者撇一撇薄唇，露出残酷的笑意，霍然起身说道，“我们这就回去吧，若是不在下面的大厅内，难免会被人留意到。切莫忘记你我各自该演的戏仍得演下去，朋友!”

旁边那人随之起身，口中咕哝几句，却被一串听似切近的雷声淹没。

二

汉源县最南边的山中，一声霹雳炸响，暴雨倾泻如注。山路旁突出的峭壁下，停着一辆高高的篷车，狄公紧靠在篷车一侧，抬头打量风雨交加的阴暗天空，面露焦灼之色。两名车夫立在旁边，皆是身披蓑衣。狄公抹了一把眉上的雨水，对车夫说道："既然今晚不能赶回汉源城，我们不如就在车中过夜。你们去附近的田庄里弄些白米来充作晚饭，如何？"

年长的车夫头上包着一片油布，布边在狂风中不停飘动。只见他抬手裹紧油布，开口说道："回老爷话，留在此处并不保险！要说秋天的山里下起暴雨来是何光景，小民岂能不知，这才只是刚刚开头哩！很快便会刮起真正的大风，不定还会将大车吹进路边的峡谷里去。"

"我们已走到山中高处，"另一名车夫也说道，"方圆数里之内，并无一间茅棚或是农舍。山上只有一座老旧的道观，不过老爷自然不愿……"

这时一道闪电划过，照亮了周围的山野。此处群峰高耸，四面环合，狄公果然瞧见一座朱红色的古观坐落于上方，正在山峡对面。旋即响起震耳欲聋的雷声，一切又重归黑暗。

狄公犹豫片刻，将一把长髯纳入湿漉漉的斗篷内，心里拿定了主意。

“你们两个跑去那道观中，就说汉源县令想要借宿一晚，让他们派十几名杂役前来，再抬几乘密实的小轿，好送我的内眷与行囊上去。”年长的车夫开口欲言时，狄公又厉声喝道:“还不快去!”

那人没奈何耸耸肩头，与同伴快步离去。二人手中各提一盏油纸风灯，发出的亮光犹如在黑暗中跳跃一般。

狄公顺着篷车一路摸到了脚梯，迈步走入车内，又赶紧遮严身后的油布。三位夫人正坐在包袱卷上，各自紧裹着带夹层的斗篷。几名侍女蜷缩在车后的箱笼之间，吓得面上失色，每有雷声响起，便紧紧挤在一处。车内倒还干燥爽净，厚密的油布篷虽可蔽雨，却仍是挡不住阵阵冷风。

狄公在一只衣箱上坐定，大夫人开口说道:“老爷着实不该到外面去！看你浑身上下淋得透湿!”

“我想去帮陶干和车夫修理损坏的车轴，”狄公说着惨然一笑，“不过却是无济于事，非得新换一个不可。如今马匹也走累了，暴风雨又刚刚开始。我们今晚就在朝云观内住下，周围再无其他地方可以投宿。”

“老爷说的莫非就是山顶上那片红墙绿瓦的房舍？”二夫人问道，“半月前我们从汉源出发，路过此地时，就曾经看见过的。”

狄公点头说道：“到了那里，你们多少会舒适一些。那是本州最大的一座道观，每逢举行道教盛典时，前去参拜者为数甚众，里面定有上好的客房。”

这时三夫人递上一条手巾，狄公伸手接过，揩擦着湿漉漉的长髯与颊须。

“我们总能应付得过！”大夫人又说道，“这次回京城度假，住在老爷的叔父家里，我们几个过得未免太舒服了，如今吃点小小的苦头也不算什么！况且看看古观里是何模样，想必也饶有乐趣！”

“没准儿还会有鬼怪出没呢！”三夫人说着微微一笑，耸耸圆润的肩头，佯装哆嗦一下。

狄公皱起浓眉，缓缓说道：“里面并没多少可看之物，只是一座老旧的道观而已。我们在客房内用过晚饭，然后早早上床歇息。明日一早，先得让观内的马夫换过车轴，我们若是能天一亮便动身上路，就可赶在午饭前回到汉源城。”

“不知小儿女们这一向过得可好!”二夫人担忧地说道。

“洪亮与管家定会悉心照管他们几个。”狄公劝慰一句，又与众妻妾议论了半日家务，直到听见外面有人高声说话，想是观内得知消息后派了人手过来。只见一张阴郁的瘦长脸探入车内，正是狄公的亲信随从陶干，禀报曰外面已有四乘小轿为女眷备好。

待三位夫人及其各自侍女坐入轿中，狄公与陶干又亲自督管杂役们搬来大石，牢牢顶在车轮旁边。车夫解下马具，一行人沿着蜿蜒的山路朝前走去，雨点不停打在轿顶的遮篷上。狄公与陶干吃力地走在最后，浑身上下淋得如同落汤鸡一般！身处狂风之中，即使手撑油布伞，也是全无用处。

二人经过横跨山峡的一座天然桥梁时，陶干问道：“去年曾有三个年轻女子不幸丧命，一个姓刘，一个姓黄，还有一个姓高，莫非正是在这道观中？那时老爷还想来此地勘查命案。”

“一点不错。”狄公肃然答道，“虽说我并不愿意带着自家女眷选这种地方歇宿，但也无法可想。”

前面几人抬着小轿，踏上山林中一行陡峭而湿滑的石阶，走得快速稳健。狄公紧跟其后，几乎难以追上他们的步子，这时闻得上方传来门扇开启的嘎嘎声，不觉心中一喜。众人进入一座阔大的庭院，四面皆有围墙环绕。

轿夫们抬着四乘小轿，又走过一道台阶，行至里面的庭院中，将轿子放在一座石拱门下。这拱门十分高大，砖石已变色发黑，一群道士正立等在此处，个个身着深黄道袍，手举灯笼火把。

只听身后一声巨响，却是刚刚走过的正门砰然关闭。狄公忽然浑身一竦打个冷战，心想定是淋雨后受了风寒。这时一个矮胖道士走上前来，对着狄公深深一揖，朗声说道："欢迎老爷驾临朝云观！贫道乃是观内监院，但凭老爷吩咐！"

"我等贸然前来造访，但愿不会十分搅扰了贵观。"狄公彬彬有礼地说道。

"老爷说哪里话，明明是敝观的荣耀才对！"监院眨一眨略微凸出的两眼，"今天本为吉日，如今更是喜上加喜！每年逢到此日，我等都会庆祝敝观建成，迄今已是第二百零三年了！"

"本县倒是不曾耳闻过，恭祝贵观香火旺盛、长久不衰！"这时一阵冷风吹过拱门，狄公焦急地瞥了一眼，只见三位夫人正由侍女们搀扶着走出小轿，于是又道，"还请带我等前去客房，人人都须更衣才是。"

“自然！自然！请跟随贫道这边来！”监院大声说着，引路走入一条狭窄幽暗的穿廊，口中又道，“这一路要上楼登梯，还望勿要介意。贫道将送老爷绕路前往东楼，途中会经过好几段台阶，不过倒是免得走在外头淋雨了！”

监院在先领路，手提一盏纸灯笼照着地面，使得狄公与陶干能看清脚下，后面跟着一名小道士，手持一根长竿，竿头上挂着一盏彩灯，再后面是三位夫人，另有六名杂役用竹竿抬着箱笼包袱等物。众人走过头一行楼梯后，转过一个拐角，此处十分寂静，外面的风雨声丝毫不曾传入。

“这些墙壁一定非常厚实！”狄公对陶干说道。

“过去的人很懂得如何造房子！且又不惜工本！”陶干正待登上另一行陡梯时，口中又道，“不过他们砌的台阶未免太多了！”

众人又走过两道楼梯后，监院推开一扇重门，眼前出现一条狭长阴冷的过道，顶上的横梁业已年久发黑，梁下悬着几盏灯笼照亮。右边是一面粉刷过的实墙，左边有一排狭窄的高窗。身在此处，复又闻得外面的风声。

“我们已到了东厢三楼，”监院说道，“左边的楼梯一路下去，可通向底层的大厅。老爷若是细听，便能听见乐声，那里正有好戏在上演哩！”

狄公依言止步，侧耳聆听片刻，果然从下方隐隐传来击鼓之音，随即便又淹没在敲窗的雨点声中。此时风力更劲，狄公不由暗自庆幸众人已身在室内。

“走到前面墙角处一转，就是老爷的客房了，”监院又朗声说道，“总还不算太过简陋不适，老爷到时一看便知。贫道过后就带老爷的随从去楼下客房，另有几位客人也住在那里。”说罢示意持灯的小道士走到前面去，然后众人一路随行。

狄公回头一看，只见三位夫人与侍女们正从过道尽头的楼梯口处走上来，于是转身跟在监院后面。

一阵狂风骤起，吹开了狄公左手边一扇窗户上的遮板，冷雨随之飘入。狄公惊呼一声，连忙探身出去，抓住左右摇晃的遮板，正想再度关合时，忽然僵立在地，一动不动。

只见对面房舍的墙上，有一扇窗户开启，隔了大约六尺来远。室内光线幽暗，狄公只看见一个男子的宽阔背影，头戴一顶铁盔，正搂抱着一个裸身女子。那女子用右手捂住脸面，左臂只剩下一段残桩。男子一松手，女子便仰面朝后倒在墙上。就在此时，狄公手中的遮板搭链被大风吹脱，“砰”的一声正打在脸上。狄公怒骂一句，再度推开遮板时，眼见唯有一片黑沉沉的雨幕。

狄公关上遮板，这时陶干与监院走到近前，帮忙将生锈的螺栓系紧。

“老爷何必亲自动手，该叫贫道来做才是!”监院懊悔说道。

狄公默默不语，待女眷与杂役通通走过后，方才问道:“对面是什么房子?”

“回老爷，只是仓房而已，”监院答道，“不如我们……”

“我刚刚看见那边有一扇窗户打开，”狄公插言道，“但是很快又被人关上了。”

“窗户?”监院惊讶地说道，“老爷想必是看错了吧!仓房的这一面根本没有窗户，只是一堵实心墙而已。还请这边走!”

三

狄公跟着监院默默绕过转角，只觉得脑中一阵钝痛，显然是受了风寒。就在方才短短的一瞬间里，自己似是透过暗灰的雨幕瞧见了什么，此时头上发烧，想来定是幻觉作祟的结果。狄公迅速瞥了陶干一眼，看他面上神情，可知一无所见，便开口说道："陶干，你最好先去更衣，过后立即回来！"

监院连揖数下，随即告退，与陶干一道朝楼梯走去。

宽敞的梳妆室内，大夫人正在命令众侍女开箱取物，二夫人、三夫人则督管杂役们给铜盆中添入炭火。狄公从旁看视半晌，迈步走入里面的卧房。

卧房颇为阔大，却只摆了几件样式古旧的硬木家什。窗上虽然遮着厚厚的帘子，外面的风雨声仍是隐约可闻。后墙处有一副硕大的床架，高高的乌木雕花顶架几乎触及房梁，厚重的老式织锦床帷从上方垂下。墙角处摆着一张乌木梳妆台，旁边是一张茶几与四只小凳，除此之外，还有一只硕大的铜火盆，地上铺着褪了色的厚密褐毯。虽然这卧房看去并非十分舒适悦人，不过一旦备好火盆，再点起几支蜡烛来，想必倒也颇为不恶。

狄公掀开帐幔一瞧，里头的床面看去甚广，足够自己与三位夫人睡在其中。不过狄公向来不喜众人同榻而眠，在自家内宅中，三位夫人亦是各有卧房，自己或是去那里过夜，或是请某位夫人来自己卧房中。身为一名正统儒者，狄公向来认为这才是唯一适宜的方式，虽然听说有不少男子与众妻妾晚间同居一室，实则却是一桩恶习，不但会损害女子的自尊，且又不利于家中和睦。不过如今身在旅途中，只得事事从权，也是无法可想。狄公折回梳妆室内，接连打了几个喷嚏。

“这里有一件暖和的夹袍，正好给老爷穿上！”大夫人说罢，低声问道，“是不是该给那些杂役几个赏钱？”

“大可不必，”狄公亦低声答道，“明早启程时，自会留下一份谢礼。”又抬高声音说道，“这袍子穿着正好！”

二夫人先将狄公的衣袍放在火盆上烘暖，过后又助他换上。

“将那顶新帽子给我！”狄公对大夫人说道，“我得下楼去见住持一面，跟他客气几句。”

“老爷还请快去快回，”大夫人说道，“我们沏些热茶，然后就在房里用饭。老爷最好早点上床歇息，面色看去不大好，想是风寒要发作了！”

“我自会尽快回来，”狄公应道，“夫人说得不错，我也觉得不甚舒服，定是受了严重的风寒。”说罢将黑丝绦系在腰间，三位夫人一齐恭送至门口。

陶干已候在门外，枯瘦的身板上换了一件蓝布旧长袍，头戴一顶黑绒旧方帽，旁边站着那名提灯的小道士。

三人走入通向楼梯的廊道时，小道士恭敬说道：“敝观住持正在楼下的花厅内等候老爷。”

狄公止住脚步，说道：“我们这便过去。”说罢静立不动，凝神倾听片刻，发觉雨声似乎小了些，复又打开方才那扇被风吹开的窗户，外面仍是一片漆黑，只有几点微雨飘入。直等到一道闪电照亮夜空时，方才看清对面的房舍。❶ 正对面果然是一堵坚硬的砖墙，上方建有一座塔楼，塔楼上有两扇窗户，砖墙下则是将两幢房舍分隔开的幽深天井。这时雷声复又大作，狄公关起窗户，对那小道士闲闲说道：“天气实在太坏！你且领路去对面的仓房看看！”

小道士面露惊异之色，犹疑说道：“回老爷话，去那边要走很长一段路哩！先得下两层楼，接着穿过连接两座

❶ 在荷文本、马来西亚英文初版和Dover英文版中，此处有“直等到一道闪电照亮夜空时，方才看清对面的房舍”，但是此句不见于英国初版。详见译后记。

房子的过道，然后还须再走上二……”

“前头带路！”狄公喝命一声。

陶干好奇地望了狄公一眼，本想开口相询，一见老爷板着脸，于是暂且按下不提。

三人默默走下黑暗的楼梯。小道士引路穿过一条狭窄的过道，随后走上一段陡峭的台阶，上方是一处平台，中间有一个硕大的四方形孔洞，四面围有槅栅，一股浓重的天竺熏香气味正从那里直飘上来。

“那下面就是敝观的三清大殿，”小道士开口说道，“如今所在的地方，正与老爷住的东楼客房一般高低。”随后又步入一条狭长的过道，“这边直走下去，便是仓房了。”

狄公静立在地，手抚长髯，打量着右边墙上的三扇高窗，只见窗台比地面仅仅高出两尺左右。

小道士推开沉重的门扇，引着二人进入屋内。仓房呈长方形状，十分低矮，四处堆满包裹箱笼，还燃着两支蜡烛。

“此处为何会有烛火？”狄公问道。

“回老爷，这里总有人进进出出，为的是取用面具和戏服。”小道士说着，伸手一指左边，只见墙上满满挂着一排木制面具与华丽的锦袍，右边墙面则全被一只木架占

狄夫人命仆搬箱笼

满，架上堆放着出演神仙道化剧时用的刀枪剑戟等物。狄公见这两面墙皆无窗户，唯独对面的后墙上开有两扇小窗，方向应是朝东，就在整个道观的外墙上，于是转身对那小道士说道："你且出去，在门外等着我们！"

陶干捻着左颊上的三根长毫，业已四下打量过，此时低声问道："老爷，莫非这仓房有什么古怪不成？"

狄公讲述了一番方才从对面东楼内看到的怪异景象，最后说道："监院说过仓房正对东楼的墙上没有窗户，所言果然不虚，不过我也不可能是做梦！那个裸女的左臂应是断了有些日子，因为我并未见有血迹。若是看到血迹的话，我定会立时便奔过来查看一番。"

"想要找到一个独臂女子，应是不会太难。"陶干说道，"想来不可能有许多独臂女子在这观内行走。老爷是否看到房内的家什器物？"

"却是不曾。我不是跟你说过只是一眨眼的工夫！"狄公怒道。

"无论如何，此事必定出在这仓房中，"陶干欣然说道，"我去查看一下墙壁，或许在这些刀枪旗幡后面藏着一扇窗户也未可知，不定还是装有机关的窗户。"

狄公盯着陶干的一举一动。只见他走到木架前，将蒙尘的丝绸旗幡推到一旁，在刀枪剑戟的长柄之间四处看觑，不时伸手敲敲墙面，动作十分迅速敏捷，皆因这曾是他的本行生计之一。陶干原是一个江湖骗子，四处漂泊不定。一年之前，狄公就任汉源县令后不久，曾经从危境中救了陶干一命，从此陶干便改邪归正，愿为狄公效命左右。他对江湖上的事情了如指掌，又擅长搜寻密道暗门，还会溜门撬锁，在追踪狡猾的罪犯时颇为得力，帮助狄公破解的疑案也非止一桩。

狄公看了半日，心想且让陶干自去忙活，于是顺着左墙朝前走去，在满地的包裹箱盒之间择路而行。墙上悬着许多奇形怪状的面具，似是对观者挤眉弄眼，狄公看在眼里，不觉生出几分厌恶，半是自言自语，半是对陶干说道："道教这东西好生古怪！孔夫子留下的儒家教义，何其睿智，何其明白，我等既可以此作为圭臬，为何还有人需要那些装神弄鬼的神仙道化剧与浮华奢靡的道场法事呢？对于道教，只能说至少还纯然出自华夏本土，并非是如佛教一般从西边异邦蛮族传来的学说！"

"据我看来，道士们之所以要建起道观，全是为了能与佛徒一争高下。"陶干议论道。

狄公恼怒地哼了一声，只觉得头痛不已，即使身穿夹袍，仍是抵挡不住仓房内的潮气。

"老爷请看这个！"陶干忽然叫道。

狄公疾步趋至近前。在仓房远角处，靠墙摆着一口硕大的古董橱柜，陶干掀开柜旁悬挂的一幅花哨彩旗，只见下面的砖墙上涂有灰浆，虽然沾染了不少尘土，仍可看出一扇窗户的轮廓。

二人默默注视着墙面。陶干见狄公面色漠然，心中颇不自在，便徐徐说道："这里果然开过一扇窗户，不过很早以前就被封死了。"

狄公似是吃了一惊，蓦地抬起头来，语调平板地说道："此处靠近整个房舍的角落，也就是说大致位于我当时所在的窗户对面。"

陶干伸手敲叩，见墙面十分坚实，便抽出一把匕首，用刀尖将封窗的一片灰浆撬得松动，再探入砖缝内，顺着窗户外沿划过，看罢后疑惑地摇一摇头，迟疑片刻，方才胆怯说道："老爷，这道观十分古老，过去常听人说这种地方有时会出现神秘难解之事，多年前发生的情景会重又浮现，并且……"语声渐低下去。

狄公抬手一抹两眼，沉思说道："我看到的那人，头上戴的头盔确是样式老旧，大约一百年前曾在军中用过……陶干，此事真是古怪，太古怪了。"说罢盯着砖墙凝神许久，忽又肃然看着陶干，"我似是瞧见过一套旧式盔甲，就在墙上挂的那些戏服之中。对了，正是那边！"

狄公走到近前，只见墙上挂着一排眼神狞邪的鬼怪面具，下面有一副锁子甲，还带有铁制胸甲，压成卧龙模样，旁边是一对铁手套和一只长长的空剑鞘。

“跟这铁甲配套的贴头圆铁盔不见了。”狄公说道。

“回老爷，好些衣服都不齐全，只剩下零零散散的几件而已。”

狄公似是听而不闻，又道：“我没能看见那人的穿着打扮，印象中似是深色衣物。其人后背宽阔，想必身量颇高。”说到此处，两眼紧盯着陶干，面露惊惶之色，“老天！莫非我当真瞧见了鬼怪不成？”

“我这就去丈量一下那窗龛究竟有多深。”陶干说罢走开。

狄公只觉阵阵寒意袭来，不由将身上的衣袍裹紧，又从袖中抽出一方丝制项巾，揩揩潮湿的两眼，心想自己很可能确已受寒发热，那一幕难道真是脑中的幻觉不成？

一时陶干回来，开口禀道：“那面墙果然相当厚实，将近四尺，不过要说在里面建一密室，以供一对男女寻欢作乐的话，厚度却仍是不够。”

“自然不够！”狄公淡淡说道。

狄公转身走到旧橱柜前，只见两扇黑漆柜门上镶有一对飞龙，龙头彼此相对，龙身周围有火焰纹样。狄公打开柜门，里面只有一摞叠好的道袍，后墙上同样饰有双龙。“好生精致的古物。”狄公对陶干赞叹一句，又叹息说道，“且罢，眼下最好还是将我看见的情景忘在脑后，或是一边记在心里，一边着手解决当务之急。曾经有三个女子死在此处，你且听好，这事就发生在去年，可不是一百年前！你记住姓刘的女子据说生病死去，姓黄的女子自寻了短见，还有一女姓高，据说是意外丧命。我去见观内住持时，定会借机问问他有关这三案的详情。我们这就下楼去！”

二人出门走入过道，见那小道士正僵立在门边窥视前方，并竖着耳朵仔细聆听。狄公见他面色惨白，不禁吃惊地问道：“你在这里做甚？”

“我……我似是看到有人在那边的墙角处东张西望。”小道士吞吐说道。

“得了，”狄公怒道，“你自己明明说过常会有人在此处进出走动，可是如此？”

“那人是个当兵的！”小道士咕哝一句。

“当兵的？”

小道士连连点头，又倾听片刻，方才低声说道：“一百年前，这里曾来过大军。当时有一群叛匪占据了敝观，还带着许多家眷以壮声威。大军攻入后，将这伙男女老幼通通杀死——连一个活口也没留下。”说罢看看狄公，双目圆睁，露出惧色，“听人说遇上如此这般的风雨之夜，死人的鬼魂便会四处游走，那些可怖的情景也会再度出现……老爷莫非听不见一点动静？”

狄公侧耳细听片刻，不耐烦地说道：“只是雨声而已！带我们下楼去，这里好一股寒气！”

狄公陶干同查仓房

四

小道士引着二人穿过一片迷宫也似的廊道，直走到东厢底层。楼下是一条宽阔的走廊，两旁高高竖着朱漆大柱，柱面上刻有繁复的镀金云龙纹样。两百年间，曾有无数人在这里来来往往，木头地板已被毡鞋磨得十分光亮，显出美丽的深褐色光泽。

三人行至大厅前时，狄公对陶干吩咐道："我面会住持时，你去找那监院，告诉他车轴坏了，希望今晚便能派人换过。"又低声说道："这地方好不诡异，你看能否问他或是旁人要一张道观全图来！"

花厅位于大厅正门一侧，小道士引路进去，狄公见室内摆着一只铜盆，里面炭火烧得正旺，心中十分快慰。墙面上悬有贵重的织锦壁挂，因此颇为温暖舒适。

厅堂后方摆着一张镀金长榻，只见一名男子从榻上立起，踩着厚密的地毯走上前来，身形瘦高，仪态庄重，身着一袭飘洒的明黄锦袍，头戴一顶高高的黄冠，冠后饰有朱缨，一直拖到背后，看去显得愈发高大。此人开口恭迎时，狄公留意到他的两眼似是一动不动，眼珠呈奇特的铁灰色，一张长脸上神色冷峻，只蓄着一撇髭须和短短几根山羊胡。

二人在长榻一侧的两张高背椅上落座。小道士走到屋角处，在一张朱漆桌案上沏茶。

“本县来得实在不巧，”狄公开口说道，“正遇上贵观举行庆典，是故颇感不安，生怕我等在此歇宿会多有搅扰。”

住持真智用那双凝滞不动的眼睛盯着狄公。虽然四目直直相对，狄公却有种古怪的印象，觉得此人似是视而不见。真智扬起两道拱形长眉，说话时语声干涩、音调甚低：“老爷此番造访，对我等并无丝毫不便之处。敝观东楼的二层和三层，有四十多间客房——当然用来接待如父母官这般的贵客，自是太过简陋寒酸了！”

“本县的住处甚为舒适。”狄公连忙说道。这时小道士两手捧着一杯茶水恭敬送上，狄公接过茶盅，只觉头上一阵抽痛，实在无心客套寒暄，便开门见山地说道：“自从就任汉源县令后，本县理应早些前来贵观参拜一番，只可惜夏季公务繁多，无暇出城远行。除了得聆道长教诲，并游赏此间的古雅房舍之外，本县另有几事意欲相询。”

“贫道敢不如命。不知老爷要问何事？”

“去年曾有三人死在贵观中，本县想要详问几点。只是为了县衙的案录完备而已!”

真智朝那小道士示意一下，命他退下，待小道士掩门而去后，方才不悦地微微笑道:“老爷明鉴，敝观内住着上百道众，更不必说还有若干杂役、道童与暂住的来客。世人命数，皆由天定，这里自然也会有人病亡，与别处一般无二。不知老爷说的是哪几桩凶事?”

“本县翻阅县衙档目时，在死亡记录中，见有贵观送来的尸格，其中包括三名外地女子。据我看来，她们似是想在贵观受戒出家。”狄公见真智皱起两道长眉，忙又笑道，“本县实在记不起她们的名姓与其他详情，来此之前，原该仔细读一读案录，奈何此番造访纯属意外……”话只说了一半，望着真智似有所待。

真智缓缓点头:“贫道想起来了。不错，确实有一位刘小姐，家住京城，去年来到敝观，后来又生了病，博学多才的孙天师还曾亲自为她诊治，不过……”

真智说到此处，忽地煞住话头，两眼直盯着门口。狄公见此情形，也从座中转头回望，想看看来者究竟是何人，结果只瞧见门扇重又关闭。

“这些粗疏无礼的戏子! 连门都懒得叩一下便直闯进来!”真智怒斥一句，见狄公面露惊异之色，忙又说道，

“每逢遇有庆典时，观内道众须得登台演剧，因此常会请了戏班子前来襄助一二。他们也会穿插在其中演上几出，多是走绳索、顶碗碟之类的杂耍，还有其他噱头。这些人虽说甚有用处，但丝毫不懂得宫观内的清规戒律。”说到此处，恼怒地以杖戳地数下，又道，“下次不会再叫他们来了！”

“本县如今也已记起，”狄公说道，“确实有个姓刘的小姐死于痼疾。可否请问道长一句，当时是何人做的尸检？只是为了案录明确而已。”

“回老爷，正是敝观的监院。他本是一名大夫，有此资格。”

“知道了。是不是还有一个女子自寻了短见？”

“此事说来令人好不凄恻！”真智叹息一声，“黄小姐聪明颖悟，性情却极易躁动，常会发癔症，一向深受其苦。贫道原本不该答允她前来，奈何此女一心虔诚，其父母也执意要……一天晚上，黄小姐心绪难平，于是仰药自尽，尸身后来交还给其家人，并归葬于家乡故里。”

“第三个又是何情形？本县记得似乎也是自尽身亡的？”

“不不，老爷，那是一桩十分不幸的意外。高小姐也是天性聪慧，对敝观的历史深有兴趣，时常在大殿与附近的楼阁房舍中四处走动游赏。她登上东南塔楼顶层，正倚在栏杆边时，不巧栏杆倒塌，高小姐便跌了下去，堕入敝观东边的山峡中。”

“在高小姐的案卷中，未见附有尸格。”

真智凄然摇头，缓缓说道：“回老爷，我等没能找到她的尸身。那峡谷足有百尺多深，从来没人敢冒险下去过。”

二人默然片刻，狄公又道：“高小姐出事之地，莫非就是建在仓房上方的塔楼？对面便是东厢，即本县今晚暂住的客房。”❶

“正是。”真智说罢，呷了一口茶水，意为端茶送客。但是狄公并未起身告辞，手抚长髯沉吟半晌，又问道：“贵观内并无女冠长住，可是如此？”

“不错，幸亏没有！”真智浅浅一笑，“即便如此，贫道要管的事务也已是足够冗杂了！有一句话虽不当讲，不过敝观在本州内确是久负盛名，因此有许多人家的年轻小姐慕名而来，执意要在敝观出家。她们先受教一二个月，领取戒牒❷后便会离开，过后可自去其他女冠的宫观中安

---

❶ 在荷文本、马来西亚英文初版和Dover英文版中，此章中黄高二女的姓氏有误，彼此颠倒。

❷ 即由僧官机构及传戒师签发给受戒僧尼的凭证，不同于官府所签发的度牒。

身修行。”

狄公打了一个喷嚏，抽出项巾来揩揩髭须，殷勤说道：“道长这一番相告，令本县十分感激！道长自然明白，本县之所以有此一问，全是出于例行公事，从未怀疑过这其中有什么逾矩不法之处。”

真智肃然点头。狄公喝完茶水，又道：“适才道长提及孙天师，敢问可是曾在朝中担任国师的那一位么？不但学问深厚，且又写得一手好文章。”

“一点不错！孙天师在此挂单，真乃敝观的极大荣耀！正如老爷所知，天师一生为官显赫，曾任京畿道刺史多年，两位夫人亡故后，他上书辞官，又被圣上任命为国师。后来家中三子相继长大成人，并一一步入仕途，天师便离开京城，决意将余生致力于读经修道，并选择敝观长住，在此挂单已有二年。”真智说罢，缓缓点一点头，看去十分满意，“天师住在此处，实是荣莫大焉！他非但不曾高高在上，反而对观内的一应事务深有兴趣，时常出席各种法事。敝观凡有难题，天师总会热心过问，并且向来都是慨然赐教。”

狄公心想自己出于礼数，还须去拜会这位大人物一番，不免有些懊悔，问道：“不知孙天师住在观内何处？”

“就在西边的塔楼上。此时天师正在大厅中观戏，老爷去了便会见到，还有一位包太太也在那里。她家住京城，是个虔心信道的寡妇，几天前带着女儿白玫前来敝观，白玫小姐也想出家修行。另有一位宗黎先生，颇富诗名，已在观内住了将近一月。眼下就这几位客人，本来不少宾客意欲前来，奈何天气太坏，一时无法成行。还有一个戏班子，班主名叫关莱——对于那些下九流人物，老爷自然不会有什么兴趣。”

狄公闻听此言，不觉有些气恼，从鼻中哼了一声。世人常将演戏看作一种贱业，并将伶人多少视为贱民，狄公对此一向深感不平，原以为出家修道之人总会较为仁厚，不料这住持亦是如此，于是议论道：“依我之见，伶人演戏自是大有用处。他们能为普通百姓带来适宜的欢娱，只需花几个小钱便可享受，为众人单调乏味的生活平添不少生气。除此之外，历史剧还可令百姓熟知昔时盛事，而这一长处正是贵教的神仙道化剧所欠缺的。”

真智生硬地回道：“敝教的神仙道化剧中，人物皆是富有寓意，并非纯为上演真人实事。这些道化剧旨在阐述天地之大道，民间俗戏完全不可与之相提并论。”为了稍稍和缓一二，旋即笑道：“不过，贫道祈盼老爷自会发现神仙道化剧也并非全无一些古趣。台上所用的面具与戏装，皆是在敝观内制成，迄今已有百年之久，本身即是难得的古董。还请老爷这就随贫道去大厅内，从今日午时便开幕演戏，此时已近剧终，过后还将在斋堂内摆一席便餐，虽则饭食粗陋，还望老爷能赏光则个。”

狄公一想到要去赴一顿官样宴席，心中略无欢喜之意，不过身为道观所在之地的县令，却也实难回绝，只得欣然应道：“本县乐意从命！”二人随即起身离座，真智在先引路。

真智走到门外，先朝左右迅速张望一下，见幽暗的过道中阒寂无人，似是松了一口气，于是恭请狄公行至一座高大的双扇门前。

五

二人刚刚步入大厅，就听见一阵锣鼓铙钹之声，兼以管弦齐鸣，几乎震耳欲聋。左边有一个小平台，一群道士正在台上奏乐。几根粗大的木柱支撑起年久发黑的屋顶，地上坐着观内道众，足有百人之多，数十盏大灯笼发出的光亮正照在一片明黄道袍上。

真智引着狄公穿过正中的通道，朝殿后戏台一侧的高台走去，从人群中经过时，众道士纷纷恭敬立起。真智在一张乌木雕花高背椅上坐下，请狄公坐在右边，左边另有一张空椅。

这时监院上前禀报说孙天师已经离去，不过即刻便会转回。真智听罢点头，又吩咐监院送些水果点心来。

狄公好奇地朝戏台方向打量，只见一排红灯笼将台上照得通明，正中摆着一张高高的镀金座椅，一个俊秀女子端坐其中，身着花红柳绿的绣金长裙，高髻上簪着许多纸花，手持一根玉杖，扮的显然是西王母。

在西王母身前，另有七男一女，个个身着富丽的绣花丝袍，正随着肃穆的乐声缓缓舞动。这一出戏应是八仙拜见西王母。

“那两个女角可是由女冠出演?”狄公问道。

“非是如此。”真智答道，“扮作西王母的，是关莱戏班中的一个女伶，似是叫丁小姐。待到戏中插演时，她还会出来走绳索和转碟，颇可一观。至于何仙姑，则是由关莱之妻扮成。”

狄公看了一阵戏，甚感乏味，心想或许是因为自己身体不适而无心观赏，不但头上一阵阵抽痛，更兼手足冰凉，不由朝戏台另一侧的包厢中望去。只见两个女子坐在其中，这包厢三面竖有槅扇，因此台下看众不会瞧见里面的坐客。其中一女身材肥胖，浓妆艳抹，穿着一袭华美的玄缎长裙，另一个则年纪甚轻，也是一身黑裙，面上未施脂粉，容貌清秀端丽，只是双眉过于浓黑了些，二人正看得入神。

真智顺着狄公的视线望去，开口说道：“那便是包太太和女儿白玫小姐。”

这时众仙戏毕退场，两名扮作侍从的道童搀扶着西王母跟在后面。狄公看到此处，暗自松了一口气。只听一声铜锣敲响，余音回荡在大厅内，乐声随之终止，台下响起一片低低的赞叹声。狄公又打了一个喷嚏，觉得似有一股冷风吹过。

“好戏，好戏!”狄公对真智称赞一句，眼角的余光一扫，只见陶干登上高台。

陶干走到近前，立在狄公的座椅后方，低声说道：“老爷，那监院十分忙碌，不过我设法与十方堂主谈过，他一口咬定观内没有全图。”

狄公闻言点头。此时大厅内重又转为肃静，一名身形魁梧的男子走上台去，面庞宽阔，表情灵动，正是戏班班主关莱。只见他冲着真智这边深深一揖，然后朗声说道：“依照老规矩，在仙长离场之前，我等最后再演一出寓言短剧，讲述世人的魂灵如何苦苦挣扎并希求得救。剧中孽灵由欧阳小姐扮演，搅扰孽灵的‘愚’则由一头黑熊扮演。多谢诸位捧场!”

台下响起一片惊讶的窃窃私语，却被哀怨的曲调淹没，间有铜喇叭吹响，尖利的声音回荡在大厅中。一个窈窕女子袅袅登台，身着一袭白裙，拖着两条广袖，缓缓起舞后不停旋转，长袖与腰带末梢上下飘飞。狄公定睛看过她那张上了浓妆的脸面，想再瞧一眼坐在包厢中的少女，不巧包太太此时倾身朝前，肥硕的身影正好挡在女儿前面。

狄公对陶干愕然说道：“台上演戏的不是女伶，却是包小姐，她原本坐在那边带槅扇的包厢里！”

陶干踮起脚尖张望一下，说道：“回老爷，那年轻小姐仍旧坐在原处，就在胖妇人身旁。”

狄公引颈再度看去，缓缓说道：“不错，她果然还在座中，不过好像十分惊恐，浑似见了鬼一般。台上的女伶为何要故意扮作包小姐模样，令我好生不解。或许她……”

狄公忽然住口不语。这时一个高大男子走上戏台，一副武生打扮，令人望而生畏，穿着紧身黑衣戏服，愈发显出筋肉壮硕却又矫健灵活的身形，红光正照在圆形头盔与手中的长剑上，脸上全涂成赤色，还抹出几道横贯面颊的白印。

“适才我看见过的二人，正是他和那独臂女子！”狄公对陶干低声说道，“去叫班主过来！”

那男子手舞长剑，技艺倒是十分精湛，围着女子打转时，朝对方连刺数下，都被女子轻盈躲过。男子愈发逼到近前，脚下敏捷地踩着鼓点，剑锋先是从女子头上晃过，紧接着又冲肩头而去，险些刺中。这时从包厢内传出一声尖叫，狄公一看，却是包小姐站起身来，两手死死抓住栏杆，紧盯着台上的二人，显得惊恐万状，就连包太太开口讲话，也似是充耳不闻。

狄公重又转头看着戏台，对真智忧心说道："要是出一点差错，便会酿出事故来！舞剑的究竟是何人?"

"那男伶名叫莫摩德，"真智答道，"贫道也觉得方才有些过火，不过此刻已是小心多了。"

男子果然不再一味进击，而是稍稍远离女子，使出一连串复杂的佯攻招式。一片红光之下，那张涂着油彩的脸面看去颇显古怪。

这时陶干回到狄公身侧，道是旁边之人便是戏班班主关莱。

"你刚才为何不说这出戏里会有莫摩德上场?"狄公厉声问道。

关莱微微一笑，答道："回老爷话，我等常会即兴表演一二。莫摩德喜欢炫耀剑法，因此让他扮演'惑'这一角色，专为让那孽灵吃痛受苦的。"

"在本县看来，差一点就要当真吃痛受苦了。"狄公断然说道，"你瞧，他又冲那女子发起狠来!"

只见男子再度挺剑猛刺，女子在躲避时显然有些吃力，胸脯剧烈起伏，汗水从戏妆上直流下来。她的左臂似是不甚灵便，始终紧紧贴在身侧一动不动，只因衣袖太宽且又不停飘动，令人无法看得分明。狄公不禁恼怒地提醒自己，即使果真遇见一个独臂女子的话，也须得沉住气才是，于是挺身坐直。这时长剑一闪，竟削去了女子的左袖一角，包厢中又有人吓得惊叫一声。

狄公从座中站起，正想叫那男子停手，只听女子轻吹一声口哨，一头大黑熊缓缓走上戏台，伸头朝男子一转，那人急忙退到戏台一角。狄公这才重又坐定。

黑熊低吼一声，摇着硕大的头颅，朝女子缓步走去。女子看似十分惊恐，抬起右袖遮住脸面。黑熊步步逼近，乐声随之戛然而止，大厅内一片死寂。

“那畜生会弄死她的！”狄公怒道。

“回老爷，这头熊是欧阳小姐自己养的。”关莱答道，“熊脖子上套着带铁链的项圈，链子另一头就拴在后台一根大柱上。”

狄公听罢默无一语，只觉实在不喜这一套把戏，又见包小姐此时坐回椅中，看似已是兴致索然，不过仍旧面色苍白。

男子手持长剑又摇晃几下，终于消失不见。女子正踮着脚尖快速地旋转舞动，黑熊则围着她缓缓兜圈。

“那人下台后会去哪里？”狄公对关莱问道。

“回老爷，他自会去我们的梳妆室内，然后赶紧卸妆换服。”

“大约半个时辰前，他可是也在台上演戏？”

“自从过场戏开始，他一直都在，”关莱微微一笑，“并且为了扮演死人的幽魂，还得戴上沉甸甸的木头面具。亏得他格外身强力壮，要是换作旁人，如今早就累得不成样子了。方才他又要上台亮相，只因忍不住总想卖弄一下自己的好身手。”

狄公听到最后，已是充耳不闻，两眼紧紧盯着台上。只见黑熊抬着两条前腿立起，两只巨爪朝那女子伸去，口中呜呜叫个不停，女子连连后退。黑熊忽然猛地一扑，女子仰面跌倒在地。黑熊站在女子上方，张开血盆大口，露出两排发黄的长牙。

狄公差点惊叫出声。却见女子忽然从那庞然大物身下灵巧地钻出，从地上袅袅立起，轻拍一下黑熊的脑袋，握住项圈躬身下拜，在一片震耳欲聋的喝彩声中，牵着黑熊下台而去。

狄公揩去额上的冷汗，方才一阵心惊肉跳，几乎全然忘却了自己的浑身不适，此时重又觉得头痛欲裂，正欲起身时，手臂却被真智按住。只听真智说道：“诗人宗黎要来作诗煞尾了！”

只见一个年轻后生立在空荡荡的戏台中央，面上净白无须，看去甚为机敏，拱手一揖，拿腔捏调地大声念道：

座中善男同信女，
老幼道众与贵人。
多谢来观此陋戏，
心中恻恻为孽灵。
虽与二魔苦缠斗，
奈何力绌终未赢。
诸君且听小生语：
切莫灰心半路停！
奸计纵然横行久，
一朝得道心自宁。
此诗辞鄙义犹在，
降妖除恶须道清。
长夜漫漫盘陀路，
朝云散去永光明。

宗黎口中诵罢，又躬身一揖，迈步走下戏台。乐师们开始奏响最后一曲。

狄公疑惑地看看真智。此观名为朝云，而宗黎的最末一句中居然有“朝云散去”之语，不但大不吉利，甚至多有冒犯。

真智冲关莱叫道：“叫那宗公子过来！”又对狄公说

道："这厮好生无礼！"

一时宗黎走到二人面前，真智厉声说道："宗公子，你那最末一句念的是什么？今天本是吉日祥和，却被你给全毁了！"

宗黎神色自若，嘲弄地瞥了真智一眼，微微笑道："道长是说最末一句？小生原本担心倒数第二句或许措辞不当哩。道长想也知道，要找到合适的韵脚，并非总是轻而易举之事。"

真智正待开口怒斥，宗黎却又徐徐说道："作篇短诗自然容易得多，比如这首如何：

一个方丈坐大殿，
一个方丈居地宫。
所宣皆道法，
听者却不同。
一人对道众，
一人对蛆虫。"

真智愤愤然以杖戳地，竟至面目扭曲。狄公以为他会勃然大怒，不料真智却强抑怒火，冷冷说道："宗公子，你可以走了。"

真智站起身来。狄公见他两手兀自打颤，便依礼谢过，随即告辞而去。

二人走向正门时，狄公对陶干说道："我们这就去戏班的梳妆室。我非得与那莫摩德谈一谈不可。你可知道梳妆室在哪里？"

"知道，老爷，与我住的客房正在同一层，位于一条偏廊上。"

"我还从未见过如此兔洞一般的地方！"狄公低声道，"居然说连一张全图也没有，简直岂有此理！依照律法，他们也是必须有图的！"

"老爷，那十方堂主还说，观内高处皆是禁地——就是大殿后头的那些地方，唯有住持与正经道士才可进去。禁地可能未被绘入图中。十方堂主也承认没有全图颇为不便，因为这里实在地方太大，即使观内道众有时也会走迷了路。"

"真是荒唐可笑！"狄公怒道，"只因朝廷对道教青眼有加，这些道人便自以为可以凌驾于律法之上！我还听说佛教也在朝廷中影响日深，真不知二者到底哪一个更狠！"

狄公走到大厅正对面的客堂内，对管事的道士说自己更衣之后，想找一个道童引路去孙天师的住处，陶干还顺便借了一盏灯笼。二人在客堂前立等片刻，眼看着一众道士纷纷经过，走出大厅后四散而去。

宗黎吟诗嘲弄真智

“你瞧这些人，个个都是身强力壮!”狄公怒道，“本该为国尽责效力，去成家立业、养儿育女才是!”说罢又打了一个喷嚏。

陶干跟随狄公至今，已渐知他性情异常沉稳，即使遇有不快，也绝少直言表露，如今闻听此语，不免有些担忧，看了狄公一眼，说道:“那住持看去颇有威仪，不知说起三个丧命于此的女子时，可还令人满意?”

“却是不曾!”狄公重重说道，“果然不出我所料，其中大有可疑之处。一旦回到汉源，我会先向那三女的家人详问一些细处，然后再带洪亮马荣乔泰同来，将此观内外彻查一番，并且事先不会告知真智，也算是专为他预备的一点意外之喜!”

六

陶干听得正中下怀，点头说道："那十方堂主也对我讲了同样的旧事，即一百年前观内曾经杀过许多人，后来时有鬼魂出没云云。如今我才明白，那道童为何会在仓房门外竖着耳朵听动静！"

"却是为何？"狄公揩揩髭须问道。

"据说鬼魂有时会轻声叫唤某人的名字，听到的人不久便会丧命。"

"纯属无稽之谈！我们这就上楼，去那戏班的梳妆室。"

走到二层楼梯口时，狄公随意朝右一瞧，不觉停住脚步。只见狭窄幽暗的过道中，一个身穿白衣的苗条女子正急急走远。

"她就是那个带着黑熊的女子！"狄公忙对陶干说道，"我想过去问几句话！你再说一遍，她叫什么名字？"

"回老爷，欧阳小姐。"

狄公紧追上去，及到女子身后时，才开口说道："欧阳小姐，你且稍等一下！”

女子吓得惊叫一声，旋即转过身来。狄公见她面色惨白，双目圆睁，看去十分惊恐，不禁再次暗叹其眉目形容确实酷似白玫。

狄公和蔼说道：“欧阳小姐不必害怕，我只想恭喜你演得实在出色，不得不说——”

“多谢老爷美意！”女子开口说道，语声轻柔文雅，“小女子正有急事，非走不可……”说罢朝狄公背后焦急地张望一下，意欲转身离去。

“你先别急！”狄公断然命道，“我乃是汉源县令，想要与你说几句话。小姐看去甚为不安，莫非是被那莫摩德纠缠不成？”

女子焦躁地摇摇头，迅速说道：“小女子非得去给黑熊喂食了。”

狄公见她的左臂始终贴在身侧，厉声问道：“你的左臂怎么回事？是不是被莫摩德拿剑刺伤了？”

“不，不，是因为多年前曾被我的黑熊抓伤过。此刻我实在——”

“小生的拙作，怕是难入老爷的法眼。”有人在背后欣然说道。狄公回头一看，只见宗黎做张做致地拱手一揖。

“公子所言正是！”狄公怒道，“我若是观内住持的话，早就命人将你轰出山门去了!”说罢转过头来，却发现女子已不见了踪影。

“老爷明鉴，那住持真智要是想将小生赶走，总也得三思而行!”宗黎洋洋得意地说道，“家父生时乃是此观的施主，每过一阵，敝宅便会送来一笔数目可观的银子，至今未绝。”

狄公对着宗黎上下打量一眼：“如此说来，你便是前节度使宗法门之子了。宗节度学问深厚，本县曾读过他亲撰的州府政事指南。你那蹩脚的打油诗，想必宗节度听了也不会中意!”

“小生只是想稍稍讥刺一下真智而已，”宗黎面上略显尴尬，“那厮十分自以为是！先父当年对他并不看重。”

“即使如此，公子的大作也未免太过恶俗了。”狄公说道，“还有你那关于两个方丈的几句歪话，究竟是何意思?”

“莫非老爷没听说过?”宗黎惊问道，“朝云观前任住持乃是玉镜，已于两年前亡故——说得确切些，应是‘羽化升仙’了。他的尸身被涂上香膏，如今就供奉在内庭中祖殿下面的地宫密室内。玉镜倒是修为极高——无论生前还是死后。”

狄公听罢未予置评，心想眼下已是疑难多多，无意再去深究这些住持的生平旧事，于是说道：“本县正打算去伶人用的梳妆室，就不在这里多耽搁宗公子了。”

“小生正好也要同去。”宗黎恭敬说道，“不知可否为老爷引路？”

三人绕过拐角处，走入一条长长的过道，两旁皆有门扇。

“欧阳小姐的客房可是在这附近？”狄公问道。

“就在前面。”宗黎答道，“不过她不在屋里时，我可不会贸然进去！那头黑熊好不吓人。”

“她一定正在自己房中。”狄公说道，“适才你遇见我二人时，莫非没有看见旁边的欧阳小姐？”

“自然没有看见！”宗黎吃惊地说道，“她怎会在此处？小生上楼之前，刚刚在楼下大厅内与她说过话。此刻她应是仍在那里才对！”

狄公目光锐利地瞥了宗黎一眼，又瞧一瞧陶干。只见陶干连连摇头，一张瘦长脸上露出困惑之色。

宗黎走到离过道尽头不远处，抬手敲开一扇门。室内阔大而凌乱，关莱与两个女子正坐在一张圆桌旁，一见狄公进来，三人连忙站起行礼恭迎。

其中一女看去年轻俊俏，关莱介绍说这便是丁小姐，即方才扮演西王母的女伶，还说她擅长表演绳戏与转碟。

另有一个衣着俗艳的中年妇人，则是关莱之妻。

狄公夸赞了几句方才上演的戏目。关莱想不到这位显赫的大人物居然会对自家戏班如此有兴，一时受宠若惊，竟不知如何是好，想请狄公一同坐下，又怕如此行事太过放肆无礼，正在左右为难时，只见狄公不请自坐，也算是替他解此困局。宗黎在正对面坐下，那边摆着一只粗糙的陶制酒壶，陶干则立于狄公身后。狄公开口问道："欧阳小姐与莫摩德在哪里？本县也想祝贺他二人一番。莫摩德剑法精湛，欧阳小姐与黑熊的表演简直令我毛骨悚然！"

狄公虽则温言嘉许，关莱却仍是十分拘谨，上前为狄公斟酒时，两手簌簌打战，竟将些须酒水洒在了桌面上，然后从旁讪讪坐下，开口说道："回老爷话，莫摩德去仓房送还戏服了。"伸手一指梳妆台，只见台上堆着几团揉皱的纸张，纸面沾有红色污迹，"他定是来过这里卸了妆。至于欧阳小姐，她在楼下对我道是喂过黑熊便回来。"

狄公起身离座，走到梳妆台前，佯装对镜整理衣冠，瞧瞧那些废纸与几罐油彩颜料，心中暗想纸上的红斑不定就是血迹。狄公重又转回座中，见关太太正着意打量着自己，便举杯呷了一口酒水，询问关莱上演历史剧时，戏台应如何布局装饰。

关莱开始详加解说，狄公却是心不在焉，同时还竖起耳朵，留神听那另外几人的言语。

“你为何不去帮欧阳小姐一起喂熊？”宗黎对丁小姐问道，“敢说她一定十分乐意！”

“少管别人的闲事！”丁小姐率然应道，“守着你自己的玫瑰花儿不就得了？”

宗黎咧嘴嘿嘿一笑：“包小姐风姿嫣然，我为她作几首诗又有何妨？妙人儿，我为你也作了一首哩，你且听好：

真情与假意，
旧爱同新欢。
一加并一减，
两情常美满。
一减又一减，
当心遭天谴！”

狄公转头看去，只见丁小姐面上涨得通红，又听关太太从旁说道：“宗公子，你最好口下留德！”

“小生只不过想给丁小姐提个醒而已。”宗黎面不改色地说道，“京城里正时兴一支小曲，莫非你们不曾听过？”

说罢哼出一段悦耳的曲调，又用食指敲着拍子，怡然轻唱道：

双十犹未嫁，
尚可等待好人家。
三八守空床，
唯有一世耐凄凉！

丁小姐正待作色发声，狄公却先开了口，对宗黎冷冷说道：“宗公子，我这里正在说话，却被你给打断了。还想再说一句，本县素乏谐趣，留着你那连珠妙语讲给解人听去吧。”又对关莱说道：“本县非得上楼回房去不可，然后再更衣赴宴，不必烦劳你送我出门！”说罢对陶干示意一下。

狄公走出梳妆室，当着一脸惴惴的关莱的面将门掩上，对陶干说道：“上楼之前，我想先去找那莫摩德。你就留在这里，跟他们一道喝上几杯。据我看来，这其中必有许多隐情，你去试着查明究竟。还有，那浮薄才子口中所说的加与减，到底是何意思？”

陶干面露尴尬之色，清清喉咙，方才答道：“回老爷，那是市井中的粗话，分别代指男女。”

“明白了。一旦欧阳小姐回来，你设法问明她在楼下停了多久。她总不会有分身术，能一人同时出现在两处吧！”

“老爷，宗黎说在大厅内遇见欧阳小姐，很可能是扯谎！后来他又假装没看到欧阳小姐和我们说话。那过道虽然十分狭窄，我们又站在中间，但是他不会看不到欧阳小姐！”

“如果宗黎所说为实，那么我们在过道中遇见的女子，一定就是假扮作欧阳小姐的包小姐了。不不，有一处却合不上榫！我们遇见的女子一条胳膊紧紧贴在身侧，而包小姐看戏受了惊吓时，却是用两手抓住栏杆的！这事真让我摸不着头脑！总之你去尽力打探一番，过后再到我的客房中来！”

狄公从陶干手中取过灯笼，顺阶而上。陶干转身折回梳妆室。

狄公自忖还记得去仓房如何走法，便一路行至对面房舍，上楼时只觉腰酸腿疼，不知是因为受了风寒，还是不惯于顺着楼梯上下走动。关莱令人颇有好感，宗黎却是个不谙世事的浮薄后生，很是讨嫌。他与那一班伶人看去十分相熟，显然对包小姐也不无心意，不过包小姐即将出家修道，宗黎也只得莫可奈何。还有他那不堪入耳的打油诗，暗示出欧阳小姐与丁小姐似有暧昧。这些人的品格行止如何，与自己并无干系，如今还是莫摩德最费思量。

一时狄公终于走到三清大殿上方的平台处，不禁长吁一口气。透过槅栅，可以听见下面传来嗡嗡的诵经声，定是道士们正在做晚课。

狄公朝右一拐，惊讶地发现过道中居然没有亮光，举起灯笼一照，方知自己走错了方向。不但右边墙上没有窗户，而且廊道也比通往仓房的那一条更为狭窄，低矮的屋梁上挂有蛛网。狄公正预备折回原路时，忽然听到一阵窃窃私语。

狄公静立不动，侧耳细听，心中疑惑这声音究竟从何处传来。廊道中空无一人，尽头竖着一排铁栅。狄公朝前走了几步，发觉话音被淹没在诵经声中，不禁皱起眉头，重又转回廊上，想看看两边是否开有门扇。

在此处果然又闻得低语声，只是听不清一字一句。突然间，狄公听到有人念着“狄仁杰”，随即便归于沉寂。

七

狄公恼怒地揪一揪长髯，鬼魂的声音着实令自己甚感不安，虽然私心里并不愿承认。狄公定一定神，心想可能有人在附近的房间或过道里议论自己，古宅中常会传来奇怪的回声，于是又立等半晌，却再未听到任何动静，低语声就此不闻。

狄公耸耸肩头，又走回平台，这才看清适才确是走错了方向，通往仓房的过道明明在另一边。狄公快步绕过四方通风孔，看见右边墙上果然有三扇窄窗，仓房的门扇半开半掩，里面传出说话声。

狄公走入房内一看，不禁大失所望。只有两个道士在里面，正忙着摆弄一只朱漆大皮箱上的挂锁。虽未瞧见莫摩德，狄公仍是朝左边墙上迅速扫了一眼，只见圆形头盔已被送到原处，正挂在锁子甲上方，长剑也已插回鞘内，便冲其中一名年长道士问道:“你们可曾见过戏班里的莫摩德?”

“回老爷，没见过。我二人只是刚刚进门，不定和他正好错过了。”

此人说话倒是恭谨有礼，不过旁边那个年轻道士看去面目阴沉，身材高大壮硕，正狐疑地紧盯着狄公打量，令狄公心中不悦。

“本县想要当面称赞几句他的剑术。”狄公随口说道，心想莫摩德必是已回关莱的房中，到了那里，陶干自会盯住他不放。

狄公又走了长长一段路，方才回到东厢三楼的客房，只觉得筋疲力尽，抬手叩了几下梳妆室的门扇。一个侍女出来应门，其他几人正在屋角的铜盆上准备晚饭。

卧房内，三位夫人正团团围坐在茶几旁抹骨牌，一见狄公进来，纷纷起身相迎。大夫人满意地说道：“开饭之前，老爷还来得及和我们一起玩上一局。”

狄公平日最爱的消遣便是抹骨牌，此时看着桌面，不免有些心动手痒，却只得说道：“实在过意不去，我不能跟你们一同用饭了。观内住持在楼下排宴，我非得去赴席不可。还有一位从前的国师也在此处，实在难以回绝。”

“我的天！”大夫人出声叫道，“就是说我还得依照礼数去拜会他夫人了！”

“这倒不必，国师已是鳏居多年。不过我必须在开宴前先去见他一面，可否将我的官服拿来？”狄公说罢大力擤鼻。

“如此说来，我就不必再更衣梳妆了，谢天谢地！”大夫人松了一口气，“不过老爷明明已经受了风寒，还得勉强出去，真是太不走运。你瞧，两眼看去泪汪汪的！”

大夫人打开衣箱，取出狄公的墨绿锦袍。这时三夫人说道：“我去拿些橘皮来，替老爷敷在头上，明天就会清爽很多！”

“我怎能头上缠着绷带前去赴宴！”狄公惊叫道，“看去岂不可笑煞人！”

“你就不能罩在官帽底下？”大夫人一面帮狄公更衣，一面说道，“没人会瞧见的！”

狄公口中咕哝几句不可如此，奈何三夫人已从药箱内抓出一把风干橘皮，并泡入一碗热水中。等泡好后，二夫人拿出一条绷带，将橘皮裹入其中，又将绷带紧紧缠在狄公头上，大夫人拿起绒帽替他套好，说道：“这就妥当了，一点儿也看不出来！”

狄公谢过众夫人，答应宴席一散便会立即回来，走到门口时，又转头嘱道：“今晚观内人多品杂，你们最好将通向过道的大门上锁加闩，并吩咐侍女不可随便开门，如有人来，须得先问清来者是谁。”

狄公走入梳妆室，见陶干已在那里立候。狄公先命众侍女去卧房内为夫人们伺候茶水，然后与陶干在一张角桌旁坐下，低声问道："莫摩德可曾去过关莱房中？我不巧与他错过了。"

"没有。"陶干答道，"他定是跑去了别的什么地方。不过老爷走后不久，欧阳小姐便回来了。她不上妆时，看去并不像包小姐，虽说也是生着一样的鹅蛋脸，且又眉目端正。我们在过道里遇见的应是包小姐，老爷一定记得她说话时柔和动听，但那欧阳小姐的声音却要粗得多，还略带一点沙哑。虽然我从不善于识鉴女色，不过欧阳小姐看去瘦得皮包骨，而我们遇见的女子则更为丰满圆润一些。"

"不过那女子也是左臂不灵便，这一点恰恰和欧阳小姐一模一样。关于此事，不知她有何说辞？"

"她看去寡言少语，当我与丁小姐议论走绳索时，她才略略多说了几句。我偶然提起宗黎曾在大厅中见过她时，她只是尖酸地说宗黎令人讨厌。然后我又说她在楼上正与我们说话时突然消失不见，令老爷十分不快，她听罢瞥了我一眼，含糊道是照料黑熊须得花不少工夫。"

"一定有人在愚弄我们！"狄公恼怒地揪一揪胡须，又问道，"他们对莫摩德有何评议？"

"莫摩德似是形迹古怪。他不时跟着众人出来演戏，过上一半个月，便又没了踪影。他常常扮演恶棍歹徒一类的角色，关莱坚持说那会令人最终变得性情易怒。据我看来，莫摩德对丁小姐十分有情，丁小姐却根本无意，因此莫摩德便格外嫉恨欧阳小姐，怀疑那两个女子有什么暧昧之事，正如宗黎诗中暗示的那样。关莱也承认莫摩德在台上持剑猛刺欧阳小姐时确实有些过火，不过又说她既然有那只吓人的黑熊做伴，就不必惧怕任何人。欧阳小姐无论走到哪里，黑熊都跟着她，就像小狗一样俯首帖耳，不过那畜生脾气很坏，其他人谁都不敢靠近。”

“真是难解之谜!”狄公喃喃说道，“我们在过道中遇到的女子，无论是欧阳小姐还是包小姐，假如她果真为了避开莫摩德而匆忙离去，则说明莫摩德确是个危险的疯子。我所看见的窗外那一幕也与此相符，那人一定就是莫摩德，不过那个遭他虐害的女子又是谁呢？我们必须查明观内是否还有其他女子。”

“没有老爷的吩咐，我当时没敢询问是否有一独臂女人。不过，除了关太太、丁小姐、欧阳小姐和包太太母女之外，这里看去再无其他女子。”

“别忘了我们见过的只是整个道观的一小部分而已，天知道在那些禁地中都有什么勾当！我们甚至还没弄到一张全图！且罢，我得去见孙天师了。你再回戏班那边去，一旦形迹可疑的莫摩德出现，你便死死盯住他不放，并与他同去赴宴。过后你我自会在席上碰面。”

门外的过道中，一个小道士正立在那里等候。

“你我去西厢，可否需要出了房舍走到外面去?”狄公问道，此时仍可听到雨点打在遮板上的声音，着实不愿出去打湿了一身官服。

“回老爷话，不必走到外面!”小道士答道，“大殿上方有一条廊道，一路过去便是西厢。”

“又得走许多楼梯!”狄公低声咕哝一句。

八

二人一路行至大殿上方的平台处，狄公对这路线已是颇为熟悉。小道士朝右一拐，走的是与仓房相反的方向，长长的廊道十分笔直，只由一盏破旧的灯笼照亮。

狄公跟在小道士身后，忽然颇觉不安，仿佛有人正在背后窥视自己，不禁停住脚步，转头回望，只见一个黑影从远远的入口处掠过，似是一个身穿灰袍的男子。狄公复又举步朝前，口中问道："观内道众是不是也常走这条廊道？"

"回老爷话，并非如此！小道之所以走这里，只是为了免得出去淋雨。众人若是有事去西厢，多是从那旋梯上下，就在斋堂大门附近。"

二人走到西厢的一个四方小过厅时，狄公站定片刻，想要弄清身在何处，指着右边的一扇窄门，问道："那扇门通向哪里？"

"回老爷，通往阎罗十殿，就在中庭左边、大殿后方。不过我等道童从来不许进去。"

“我还以为看看阎罗殿会很有威慑作用，令人不敢作奸犯科哩！”狄公议论道，心知每座大型道观中都会有此一处，描摹有罪之人在阎罗十殿中所受的骇人刑罚，或是在墙上细细绘图，或是做成泥塑木雕。

二人顺着左边的台阶上去，小道士说道：“老爷千万当心！孙天师住处门前的平台上，有一段栏杆被送去修补了，还请紧跟着小道行走！”

狄公走上平台，只见一扇高高的朱漆大门，有一段栏杆果然缺失不见，又顺着一个黑洞洞的楼梯口朝下一望，看去似是十分陡峭。

“这就是小道方才说过的旋梯了，直通西厢，三层楼下去后，便可走到斋堂前面。”

狄公取出自己的大红名帖递上，小道士伸手接过，随即叩响门板。

只听一个低沉的声音说道：“进来。”

四盏高高的银烛台将室内照得通明，宽大的书案上堆满了卷册纸张，一个高大男子正坐在案旁埋头翻看。小道士深深一揖，将名帖送到案上。那人扫了一眼，立时起身上前相迎，说话时语声深沉洪亮：“原来是本县的狄县令！欢迎大驾光临朝云观！”

狄公恭敬地敛袖长揖，开口说道：“晚生途经此地，

狄县令拜会孙天师

不巧遭逢意外，万没料到竟是因祸得福，方可有幸拜会一位仰慕已久的卓越人物。”

“狄县令，你我不如省去这些虚词套话如何！”孙鸣笑道，“你且在书案前坐下，待老夫先将这些文书整理好。”说罢重又坐回书案后的太师椅中。小道士沏了两杯茶送来，孙鸣说道：“多谢你这小童，你可以走了，老夫自己招待客人即可。”

狄公一边啜饮着芳香的茉莉花茶，一边打量正在迅速整理文书的主人。孙鸣的身量与狄公一般高大，不过更为魁梧壮硕，粗粗的脖颈几乎半埋在宽阔厚实的双肩中。狄公听说他已年近花甲，不过面色看去十分红润，圆脸膛上不见一丝皱纹，留着短短一圈花白胡须，一头银发从宽阔的前额直朝后梳，紧贴在硕大的头颅上，想是由于身为道家隐士，因此未戴冠帽，髭须剪得短短，双眉十分浓密，整个人看去气度超逸、品格非凡。

狄公见墙上悬有不少条幅，内容皆是道教经文，便默默读了几则。这时孙鸣将整好的文书推到一旁，目光锐利地盯着狄公，开口问道：“狄县令方才说途中遭逢意外，但愿没有出什么事故吧？”

“没有没有！晚生在京师逗留了半月，今日一早，乘着一辆篷车返回汉源城。原本指望在晚饭前便可归家，不料刚刚进入汉源县界，天气就愈变愈坏，上山之后，车轴又走断了，因此不得不来贵观借宿，明日一早便上路启程。听说这暴风雨不会持续太久。”

“对你是不幸，对老夫却是大幸！”孙鸣微微笑道，“老夫一向乐意与年轻干练的官员们交谈，狄县令真该早些来才是！况且此观正在你的治下。”

“回天师，晚生确实多有疏忽！”狄公连忙说道，“只因汉源城内出了一些乱子，并且——”

“老夫全都听说了！”孙鸣插言道，“狄县令的举措十分得当，因此阻止了一场大乱。”[1]

狄公躬身一揖以表谢意，说道：“晚生为能得聆天师更多教诲，很快便会再来拜访贵观。”心想孙鸣虽然位高名重、见多识广，待人却十分和气，关于那独臂女子，至少应该试图弄清一处，于是稍稍迟疑后又道，“晚生刚到贵观时，曾见到一桩奇事，可否斗胆向天师请教一二？”

“你只管讲来！到底发生了何事？又在何时何地？”

“实不相瞒，晚生并不明白到底发生了何事。”狄公略显尴尬，“晚生上楼去客房时，曾经在转瞬之间，看见了一百多年前兵士屠杀乱党时发生过的一幕。不知此类情形

---

[1] 详见《湖滨案》。

是否真会发生?”

孙鸣靠坐在椅中，肃然说道:“狄县令，老夫并不敢说此事一定就不会发生。比如你走入一间空屋，便分明知道不久前有人刚刚来过，这种事不是常常发生么？你无法解释其中缘故，只是一种感觉而已。这就说明在你之前的来客留下了一些属于他的东西，虽然他在屋内并未做什么特别之事，或许只是看看书、写写字而已。假设这人在屋内突然横死，那一瞬间的可怖情绪便很可能充塞其中，并且十分深重，以至于萦绕其间多年不散。一个感觉异常敏锐之人，或者由于疲倦而变得感觉异常敏锐之人碰巧进入屋内，就会心有所感。这种说法或可解释你看到的情景，不知狄县令可否同意呢?”

狄公缓缓点头。对于此类神秘莫测之事，孙天师显然深思过不少，这种解释虽不能令自己十分信服，不过仍是一种可能，值得记在心里。狄公恭敬说道:“天师说得可能有理。晚生确实颇觉疲倦，且又在雨地里受了风寒。那种情形之下——”

“风寒？老夫已经三十年没有受过风寒了!”孙鸣插言道，“不过你也知道，老夫平时一向严守戒律、滋养元气。”

“不知天师可否相信道家的修道升仙之说?”狄公问

道，心中略感失望。

“当然不信!”孙鸣不屑地说道，“人人都会死去，只是有些东西多少会留在自己的后代身上。老天将人的寿数限定为几十年，企图通过人力来延长寿命，全是徒劳无益。虽然生年有限，但我们理应力求身心俱健，要想达到这一目的，就该选择一种更为自然的方式，而并非我们习以为常的方式，特别是要改善饮食。狄县令，你也要注意饮食才是!”

“晚生乃是儒家弟子，不过十分赞成道家同样富有高深的智慧。”

“儒家终止之地，便是道家继续前行之处，”孙鸣议论道，“儒家阐述人在一个秩序井然的社会里应该如何行为，道家则解释人与宇宙万物的关系——社会秩序只是其中的一面而已。”

狄公此时虽无心深究玄学，不过心想在告辞之前，还得试图弄清两件事，稍停片刻后又道:“请问天师，是否真有莫测之物从外面侵入，并正在此间徘徊游荡?适才晚生随那道童一路前来时，感觉仿佛被人尾随，就在经过连接大殿与这塔楼的过道中。”

孙鸣仔细打量了狄公一眼，思忖半晌，忽然问道:“你喜欢鱼吗?”

“晚生喜欢。”狄公困惑地答道。

“这就对了！鱼会阻塞经络，使得血液流通不畅，并且使人紧张。正是因此，你才会耳闻目睹那些子虚乌有之物！我想你正需要一点大黄，这东西可用于清血。老夫收藏有很多医书，回头去查阅一下，明早记着提醒我，我还会写个详细的节食方略给你。”

“多谢多谢。晚生着实不想打扰天师，不过还有一事不明，如能惠示，实在感激不尽。我曾听人说过有些道士打着修道的名义，暗地里纵欲行淫，还逼迫年轻女子参与其中。不知可是实情?”

“自然全是无稽之谈!”孙鸣出声说道，“狄县令，我们出家人的饮食极有节制，又怎会去纵欲行淫呢？简直岂有此理!”说罢站起身来，“你我这就下楼去吧，宴席即将开始，住持真智已在等候。老夫须得提醒你一句，真智虽非学问深厚之人，却是心地仁善，并且将观内事务管理得井井有条。”

“想来一定事多繁剧，”狄公亦起身说道，“贵观就像是一座小城！晚生想要四处走走，不过却听说这里并无一张全图，而且三清大殿后面的部分皆是禁地，外人不得入内。”

“全是胡扯！只为唬住那些轻信之人！老夫也对真智

说过不止一次，根据官府制订的宫观寺庙条例第二十八款，此观必须有一幅全图。不过，老夫可以给你一个线索，狄县令请看这边。”孙鸣说罢，走到一面墙边，指着壁上挂的一张条幅，“这是老夫自己绘制的简图，自然过于简略了。二百年前，初建者想要以此格局作为一个缩略的模型，来代表宇宙和人类。整个道观的外形是椭圆，象征太初，面朝南方，背靠山坡，共建有四层，东边是一道幽深的山峡，西边则是密林丛生。

“你瞧！我们先看三角形的前庭，周围是灶房和马厩，还有杂役与道童的住处，然后是二庭，两边各有一座四方形三层楼。西楼底层是斋堂，二层是藏书室，三层是监院、十方堂主与知客的住处。东楼底层是大厅与客堂，如今大厅里正在上演神仙道化剧。二层和三层是为外来之人预备的客房。狄县令及家眷想必就住在那里?”

“正是。”狄公答道，“我等住在三层的东北角处，有两间大屋，十分舒适。”

“如此甚好。我们接着再说。二庭后方是三清大殿——里面有几座上好的塑像，年代久远，颇可一观。三清殿后方是中庭，四角建有塔楼。西南塔楼便是老夫的住处，如今我们正在这里。中庭左边是阎罗殿——对于世俗信众难免要让步一二！——右边是道士们住的群房，

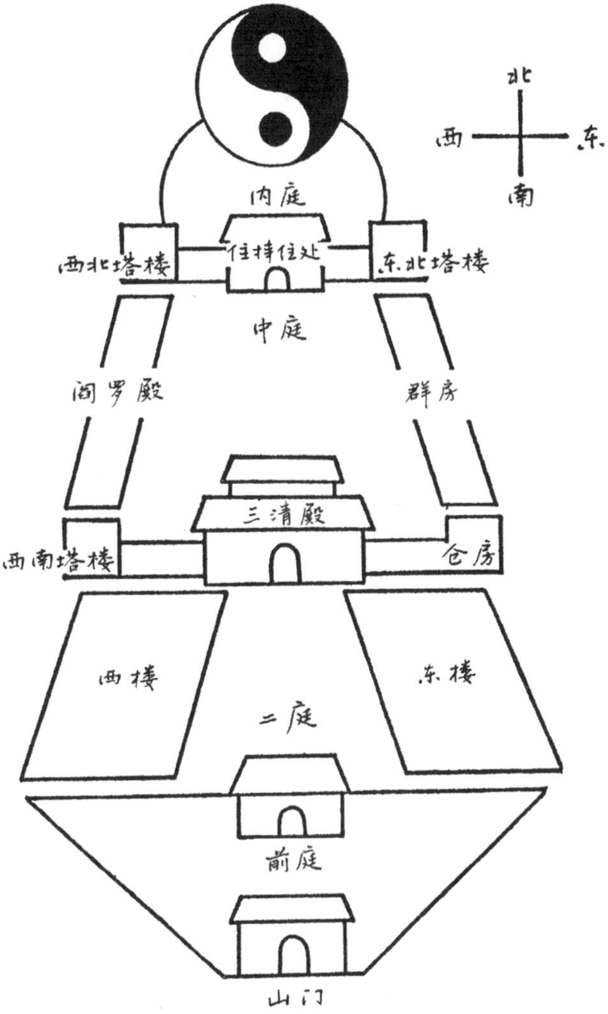

孙鸣手绘道观简图

过了后面这扇门，便是住持的居处。最后还有一片圆形的内庭。总体说来，这里依次是三角形、两个四方形、一个四方形与一个圆形，每一图形自有其神秘的含义，我们姑且搁下不提，要紧的是如今你已明白了大致方位。当然其中还有上百条过道、回廊与楼梯连接彼此，不过，只要你将这图记在心里，就不至于走错！”

“多谢天师！”狄公感激说道，“不知内庭里有何房舍？”

“只有一座小小的宝塔，里面放着祖师的骨灰坛。”

“那里可是无人居住？”

“自然没有！老夫曾亲自去参拜过，只有宝塔与环绕的围墙。不过既然被视为圣地，我就不好画进图里去，免得冒犯了住持，只用最上方的太极图来表示。这太极图象征着宇宙的运行，代表两仪的交相作用，是大自然的永恒节律，被我们称为‘道’。两仪可以是明与暗，阳与阴，男与女，或者日与月——任由你去选择！阳降到最低谷时，就变成了阴，阴达到最顶峰时，又自然转变为最初的阳。道家最高深的玄机，正是用这一简单的图符来表示的！”

“这中间的两个圆点又有何寓意？”狄公听得兴起，竟至浑然忘我。

“代表阴中含阳，阳中含阴。这一点也表现在所有的自然现象中，包括男女在内。每个男子的本性里都有一丝阴柔，而每个女子也会有一点阳刚之气。”

“确实如此！”狄公沉思说道，“晚生记得似乎在哪里见过横向分界的图符，不知可有特殊的含义？”

“这个老夫却是闻所未闻，理应是竖向分界，就像此图中画的这样。且罢，我们不好让真智久等，他这人对于礼数十分看重！”二人出门时，孙鸣又道，“仔细留神脚下，这边的栏杆缺了一段。杂役们本应赶紧修理，结果非说忙着预备庆典而没有工夫，都是一群懒骨头！就在此处，老夫从不怕站在高处，自会抓住你的胳膊！”

九

二人顺着旋梯降阶而下，一路十分阴冷。狄公走入位于底层的斋堂时，见里面摆着数个火盆，不觉心中大慰。

监院上前相迎，两眼紧张地眨个不停，对二人说话时，拼命想着如何措辞才能同样恭敬有礼，随后又引路走向斋堂后面的首席。真智已经等候在桌旁，狄公请孙鸣坐在真智右首，孙鸣却一力辞谢，自称只是个致仕归隐的学人而已，而狄县令身为朝官，理应居于尊位，最后狄公只得从命，三人这才分别落座。监院、十方堂主与宗黎则坐在旁边一张稍小的宴桌上。

真智举杯向两位贵客敬酒。观内道众围坐在前面的四张长桌上，一见住持如此举动，才纷纷开始举箸用饭。狄公见关莱夫妇与丁小姐、欧阳小姐皆在靠近大厅门口的一张桌旁，陶干也在那边，不过仍是不见莫摩德的人影。

真智将一条冷炸鱼送到狄公的盘内。狄公瞧了半日，心中狐疑不定，又见碗里盛着黏稠的米饭，其中还掺杂有葡萄干，看去也颇不诱人，实在提不起胃口，为了掩饰失望之情，开口说道："本县还以为道观内从来不用鱼肉之类的荤腥哩。"

"我等一向严守戒律，"真智微微一笑，"自然禁绝所有的酒水——贫道杯中盛的乃是清茶，不过老爷杯中的却不是！在饮酒一事上，我们对贵客会破例招待，不过饭菜仍是素食。这鱼用豆腐做成，那个看起来像是烤鸡，用料实为面粉与麻油。"

狄公只觉心灰意冷，自己对吃食虽不挑剔，但至少总想知道入口者究竟为何物，于是勉强尝了一小口豆腐鱼，差点噎在喉中，见真智面露期待之色，连忙赞道："味道实在可口，贵观的厨师真是手艺不凡！"

狄公举杯一饮而尽，温米酒倒是滋味不错。盘中的素鱼正用一只枯眼盯着自己，眼神看去十分哀怨，实则却是一粒小小的风干梅子，不知为何竟让狄公想起了那位遍体香膏的前任住持来，便又说道："宴席过后，本县想去参拜三清殿，还想去内庭下面的地宫中，为前任住持拜祷一番。"

真智放下饭碗，缓缓说道："贫道十分乐意带老爷去三清殿，不过那地宫只在天气干爽时才会开启，实在不巧得很。若是现在打开，里面就会湿气过重，对金身不利。

虽然肠子已被摘去，但是体内有些器官仍是容易腐坏。”

听罢这一番详细解说，狄公只觉好不容易才调起的一点胃口算是被彻底打消，又举杯迅速喝了一盅。裹上绷带后，头疼倒是稍稍减轻，不过浑身上下仍然僵硬酸痛，还微微有些晕眩。眼见孙鸣在那边吃得起兴，狄公不禁生出几分艳羡之意。孙鸣吃罢米饭，接过道童递上的热手巾揩揩口唇，说道：“前任住持玉镜真人天赋甚佳，不但熟知所有高深的经文，而且写得一笔好字，还善画禽兽与花草。”

“本县极想一观。”狄公客气地说道，“想来藏书室中应有不少玉镜真人的墨宝与画卷吧？”

“可惜没有。”真智答道，“依照他的吩咐，所有手迹全都一并埋进了地宫里。”

“这种虚怀若谷之风，真是令人钦敬！”孙鸣赞道，“不过，他画的最后一幅猫图还在！如今就挂在三清殿一侧。宴席过后，老夫自会带狄县令前去赏看！”

狄公虽然对玉镜的猫图毫无兴趣，并且心想大殿内定会十分寒凉，不过仍然低声道是乐意从命。

孙鸣与真智开始有滋有味地喝一碗浓汤。狄公见褐色的汤面上漂着一些不明之物，拿起筷子怀疑地戳了一戳，实在没有勇气亲尝，又绞尽脑汁想要与真智攀谈一二，总算议论了几个有关道教内部派别的话题。不过真智似是很不自在，只简短答复了几句便草草作罢。

这时监院、十方堂主与宗黎过来敬酒，狄公方才松了一口气，起身随那几人去旁边的桌上还礼，随后又在宗黎对面坐下。宗黎显然灌下去不少热酒，满脸通红，兴致甚高。监院对狄公道是两名杂役已经换过了车轴，马夫也将马匹刷洗干净并喂了草料，如此一来，县令老爷明天一早便可继续上路，若是老爷打算再多住几日，监院本人自然十分乐意。

狄公听罢连忙道谢，监院低声自谦了几句，随即起身告退，与那十方堂主自去预备晚课。

桌上只剩下狄公与宗黎时，狄公说道："本县没看见包太太与包小姐。"

"包小姐？"宗黎含混说道，"老爷当真以为如此一个窈窕淑女，竟会是那俗不可耐的胖妇人的女儿？"

"这个，"狄公敷衍说道，"时光荏苒，有人难免会变得面目全非。"

宗黎打了一个饱嗝，说道："对不住！他们正想用这腌臜的吃食来毒死我哩，肠胃全给弄坏了。老爷且听我说，那包太太根本不是什么正经太太，因此白玫小姐也不是她的女儿，这才叫合情合理。"又对着狄公晃晃食指，诡秘地说道:“谁知那可怜的姑娘是不是被人逼迫出家的?”

“本县自然不知。不过我可以去问她一问。如今她们在哪里?”

“可能正在楼上客房中用饭。也是明智之举，免得良家少女抛头露面，全被那些下流道士的一双双贼眼看了去。胖妇人这次倒是做得很聪明!”

“不过她并没防住那姑娘不被你看了去，宗公子!”

宗黎有些费力地直坐起来，含糊说道:“老爷明鉴，小生的意图从来都是正大光明的!”

“如此甚好!”狄公淡淡说道，“还有一事，本县想去看看你说过的地宫，不过真智方才道是每年此时不能开启。”

宗黎两眼朦朦，对着狄公注视良久，方才问道:“他真是这么说的?”

“宗公子可曾去过那里?”

宗黎朝真智那边迅速瞥了一眼，低声答道:“还没去过，不过我正有此意！据我想来，那老家伙是被人毒死的！正如他们现在打算毒死你我二人一样！还请老爷记住这话!”

“公子喝醉了!”狄公不屑地说道。

“这个小生并不否认!”宗黎泰然应道,“身在此处,这是保持清醒的唯一方法!不过我得跟老爷说一句,玉镜给家父写信时可没喝醉,说的是他临死之前写的最后一封——不不,得道升仙之前!”

狄公扬起两道浓眉,“莫非玉镜在信中说过他有性命之虞?”

宗黎点点头,又举杯喝了一大口。

“他可曾说过是谁要对他不利?”狄公又问道。

宗黎放下酒杯,责怪地摇头说道:“县令老爷,你不该诱使我犯下诬告他人之罪!我可是懂得国法的!”又凑近狄公,煞有介事地低声说道:“等我找到了证据再说不迟!”

狄公默默捋着颊须,心想宗黎虽然令人生厌,其父却是品格出众,在官场与学界都广受敬重,若是玉镜果真在临死前给宗节度写过此信的话,此事确实值得详查,于是问道:“真智有何说法?”

宗黎狡黠地一笑,两眼迷离地看着狄公,说道:“老爷且去问他好了!或许他不会对老爷扯谎!”

狄公站起身来,心想这后生未免醉得太过。

狄公走回座中,真智恨恨说道:“宗公子看去又是喝得烂醉。他与其父实在是大相径庭!”

“本县听说宗老先生曾是贵观的施主。”狄公说罢，喝了一口浓茶。上茶便意味着宴席将尽。

“确实如此。”真智说道，“老爷明鉴，宗家真是不同凡响！其祖父本是南方乡下的一个苦力，时常坐在乡塾的窗外，看见教书先生在板上写字，自己便在沙地上照画，就这样学会了书写。考过县试后，几个店铺掌柜凑了一笔钱，让他得以继续求学，后来在乡试中一举夺魁，被授予县令之职，娶了一个破落大家的小姐为妻，最终官至刺史。宗老先生是家中长子，科场一路连捷，并娶了一个富裕茶商的女儿，不但官至节度，且又理财有方，留下了一大笔家产。”

“有才之人无论出身家世如何，皆可出人头地、升至高位，正是因此，我大唐才会长盛不衰。”狄公满意地说道，“如今说回玉镜真人，不知他是身患何疾而亡故的？”

真智放下茶杯，缓缓说道：“玉镜真人并非因病而亡，却是羽化升仙的。他觉得在世上的功业已臻完满，因此自行离众而去，登临仙界时不仅四体康健，而且神志清明。我等有幸得见他最后升仙而去的情景，真是令人敬畏的奇迹。”

“狄县令，那般景象真是过目难忘！”孙鸣也从旁附和道，“老夫当时也在场，玉镜真人坐在高椅上，对观内所有年长高功宣法，大约有一个时辰，然后双臂交叠，阖上两眼，安详而去。”

狄公点点头，心想宗黎放荡不羁，显然是酒后胡言，或是转述些道听途说的谣言而已，于是说道：“如此奇事，很可能会引起其他教派的羡妒。如果缁衣佛徒们趁机散播些恶毒的谣言出来，也是可想而知之事。”

“贫道自然不会让此事传到他们耳朵里去！”真智说道。

“无论如何，”狄公又道，“若是心怀叵测之人竟因此诽谤中伤的话，只要做一回尸检，便可证明他们的说法并无根据。即使是涂过香膏的金身，仍然可以查出暴力痕迹来。”

“但愿不致发生此事！”孙鸣欣然说道，“老夫该回房去了。”起身离座后，对狄公又道：“狄县令，我先带你去看看玉镜的那幅猫图！那可是大殿内的珍品！”

狄公暗暗叹了口气，谢过真智的盛情款待，跟随孙鸣出门而去。经过伶人的宴桌时，狄公对陶干迅速说道：“你就等在斋堂门口！我很快便会回来。”

孙鸣引着狄公穿过偏廊，走到三清殿的西厅。

后墙处建有一座神坛，上面燃着四支蜡烛。孙鸣取下一支来照亮，只见墙上悬着一幅卷轴，中等大小，四周

玉镜手绘之灰猫图

镶有锦边，画中有一只长毛灰猫，躺在乌木雕花桌案的一角，旁边一只木球，后面一只铜碗，碗里摆着一块形状奇特的石头，还有几竿竹子。

“你看，那就是玉镜最喜爱的灰猫！”孙鸣低声说道，“他为那只猫作过的画不知有多少。你看是不是笔法上佳？”

狄公心想只是平平而已，不过也明知此画因为与玉镜真人有关，才格外珍贵起来。西厅内寒凉沁骨，方才担心的事果然应验了。狄公彬彬有礼地应道：“画得实在出色！”

“这是他的绝笔，”孙鸣说道，“就在升仙的那天午后，在自己房中绘成。后来这只猫不肯进食，几天后随之死去。想想看，人们还常说猫儿不会和主人十分贴心哩！老夫劝你去看看大殿内的三清圣像，高逾十尺——是前朝一位著名工匠的大作。老夫这就走了，希望狄县令明早离观之前，你我还能再见一面！”

狄公将孙鸣恭送至大殿门口，然后径直返回斋堂。既然三清圣像已经伫立了二百年，想来总还牢靠，不至于立时便倒，等到日后重访此观时再看不迟。

陶干已候在斋堂门口，看见狄公，上前低声禀报道：“老爷，莫摩德仍然不曾露面。关莱对我道是他一向自行其是，因此没人说得准他何时何地才会出现。关莱与其余几人在桌上喋喋不休，不过他们对此处知之甚少，也不甚关心。这顿饭吃得倒还不错，唯独在杂役那桌上起了一点小争执，负责斋堂的伙计非说餐具摆得不够，一个道士埋怨自己没有碗筷。”

“你居然说这顿饭吃得不错？”狄公悻悻说道，“我只喝了几杯酒，又饮了几杯茶，其他东西都让我倒足了胃口！”

“我吃得十分称心，”陶干满意地说道，“且又不必花一文钱！”

狄公微微一笑，心知陶干向来十分省俭。只听陶干又道：“关莱请我去他房中再喝几杯，不过我想先得四处找找那神出鬼没的莫摩德再说。”

“一点不错！”狄公说道，“我这就去拜访包太太母女。她们与欧阳小姐到底有何关系，着实令我不解。宗黎暗示说包小姐不是包太太的女儿，且又是被迫出家，自己并不情愿。不过那厮当时喝得大醉，还一口咬定前任住持玉镜被人谋害了性命。我问起真智与孙天师时，却证明全无可疑之处。你可知道包太太住在哪里？”

“回老爷，在二楼，第二条廊道上的第五间。”

“好。回头你我在关莱的房中碰面，我与包太太谈过后，便去那里会你。此时已听不到雨声，我们可以横穿庭院，直去东厢。”

这时正巧有个小道士进来，浑身湿漉漉的，道是暴风雨虽已减弱，外面却仍在落雨。狄公与陶干只得绕路穿过大殿，那里正聚集着许多道士，又直走到东厢大厅前才分头各去。

狄公上了二楼，发觉空无一人，狭窄阴冷的过道中，零星点着几盏灯笼照亮，周围十分寂静，只听见自家衣袍的沙沙声。

狄公正预备要数门扇时，忽然传来低语声，不觉站定倾听，这时身后似有丝绸的窸窣声，还闻到一股甜腻的香气，正想转头回望时，忽觉头上剧痛，眼前随即一片漆黑。

十

狄公醒转过来，第一个念头便是身受的风寒想必突然发作，只觉头痛欲裂，肚内也空空如也，这时闻到一股淡淡的香气，不觉睁开两眼。

狄公瞧见头上挂着蓝丝帷幕，不禁大吃一惊，自己竟是和衣躺在一张陌生的床上，抬手一摸，才发现帽子与绷带都不见了，脑后肿起一个大包，用指尖轻抚一下，面上一阵抽痛。

“老爷喝上一口吧！”有人从旁轻声说道。

丁小姐端着一只茶杯，俯身过来，伸出左臂助狄公坐起。狄公忽觉一阵晕眩，幸亏被丁小姐扶住，喝下几口热茶后，方觉舒服一些，这才渐渐明白到底发生了何事。

“有人从背后将我打倒在地，”狄公看着丁小姐，恼怒说道，“你可知道是怎么回事？”

丁小姐在床边坐下，徐徐说道：“我听见什么东西撞在门上，开门一看，却见老爷躺在地下，头枕着门柱，已是不省人事。我心想这意思大概是想要见我一面，于是就把老爷拖进屋里，又挪到床上。幸亏我有些力气，不过老爷的分量可真是不轻哩。然后我又将冷水敷在两边太阳穴上，直等到老爷醒来。我所知道的就是这些。”

狄公皱起眉头，厉声问道：“你在过道里可曾看见了什么人？”

“根本没有人！”

“可曾听见过脚步声？”

“也没有！”

“给我瞧瞧你的香袋！”

丁小姐依命从腰带上解下一个小小的锦囊递上。狄公接过嗅了一嗅，锦囊发出甜甜的香气，与自己遭人暗算之前闻到的那股腻香却是完全不同，又问道：“我在这里躺了多久？”

“颇有一阵子了，大约一个时辰左右。此时已将近午夜。”丁小姐说罢，又噘嘴怨道，“老爷拿我审了半天，到底是良民还是歹人呢？”

狄公惨然一笑，说道：“实在对不住！本县只是有些疑惑。多谢丁小姐，如果不是你及时出手的话，那歹人将我打倒后，定会当场取了我的性命。”

“是那帽子底下的绷带救了老爷一命，那些歹人定是用什么利器重重地打了一下，老爷头上幸亏缠着包有橘皮的绷带，否则脑壳肯定会被敲碎。”

“我应该立刻上楼，去谢过几位夫人!”狄公咕哝一句，“正是她们非要给我裹上绷带。不过我先得查一查这桩恶行才是!”说罢意欲起身下床，忽觉一阵头晕目眩，只得重又躺倒。

“老爷不要着急!”丁小姐说道，“那一下打得够狠，我来扶你下床，坐到那边的座椅上去。”

狄公在松散摇晃的桌旁坐定后，丁小姐从梳妆台上的黄铜水盆中取出绷带，说道:“我把这绷带再给老爷缠上，将会有助于消肿化瘀。”

狄公呷了一口茶水，若有所思地打量着丁小姐。这女子看去爽朗和悦，虽不算十分标致，却也颇有几分动人之处，年纪大约二十四五岁，身穿一袭玄绸长裙，腰系一条宽宽的大红丝绦，愈发显得身段纤巧玲珑，行动间轻灵敏捷，一看便知行走江湖多年。狄公等她将绷带重又裹在自己头上，再套好帽子，方才说道:“你且坐下，我一边休息，一边与你说几句话。像你这么一个美貌干练的姑娘，为何要四处卖艺为生？本县并不是觉得卖艺十分下贱，只是心想以你的才貌，理应过上更为舒适安稳的日子。”

丁小姐耸耸肩头，为狄公又斟满一杯茶，答道:“我一向性情倔强，又很有主意。我爹在京城里开着一爿小药铺，家中还有五个女儿，实在太不走运！他欠了一个大药铺掌柜的钱，想把我这长女卖给债主作小妾。那老头子令人讨厌，我要是不愿跟他，就得被卖到窑子里去，也是一样不尽如人意。我向来爱跑爱跳，身体健壮，于是等我爹点头同意后，我就加入了关师父的戏班，由关师父预付给我爹一笔钱。我很快学会了演戏，还有走绳索和转碟。一年之后，关师父不但捞回了本钱，还额外赚了不少。他这人非常正派，从不对我动手动脚，也从不逼着我去讨好什么贵客，于是我就一直留在这里。”说罢皱一皱鼻翼，接着又道：“人们总说男伶都是骗子，女伶都是婊子，还请老爷相信关师父为人十分诚实厚道。我虽不敢说自己守身如玉，却从不卖身，以后也绝不会。”

狄公点头说道：“你说关莱从未纠缠过你，那么莫摩德呢？”

“他起初有意接近过我，不过不是因为当真对我有意，而是他自认为是个男人，理应有些担当，这一点我立时便能觉察出来。不过被我回绝后，他十分不快，觉得伤了愚蠢的自尊，从此以后态度相当不善，让我觉得颇为可惜，因为他很擅长舞剑，我倒是很乐意与他同台演戏。”

“他在台上恐吓欧阳小姐的样子，令我很不喜欢。你看莫摩德会不会以虐害女子为乐?”

“不不!他虽然脾气暴烈,却并非卑鄙下流之徒。老爷听我的没错,我对男子多少了解一二!”

“欧阳小姐是不是也拒绝了他?”

丁小姐犹豫片刻,缓缓答道:“欧阳小姐只是刚刚加入戏班,并且……”说着语声渐低,一口喝干茶水,从桌上抄起一根筷子,将碟子抛到空中,又用筷尖灵巧地接住,嗖嗖转动起来。

“你把那玩意儿放下!”狄公恼怒地说道,“看得我又要头晕了!”眼见丁小姐熟练地接住碟子并放回桌上,又道:“本县问你,怎么还不回话!欧阳小姐是不是拒绝过莫摩德?”

“老爷不必冲我叫唤!”丁小姐冷冷应道,“我正要说到此事。欧阳小姐对我过于亲热,我并不想搅进那种事里去,因此有点躲着她。但是莫摩德以为我们有什么私情,正是因此,他对欧阳小姐又妒又恨。”

“明白了。莫摩德加入戏班有多久?”

“大约一年左右。我看他并不像真正唱戏的,而是浪迹江湖的游民,没个正经营生。莫摩德也不是他的真名,我曾经看见他的外褂上有一个‘刘’字,但是他说那衣服是从当铺里买来的。还有,他以前定是来过朝云观。”

“你如何知道?”狄公急急问道。

“我们头一天到这里时，他就显得熟门熟路。我们都觉得这地方阴森古怪，尽量躲在房里不出去，他却总在外面四处游荡，一点不怕会走迷了路。”

“你对他最好提防些，”狄公肃然说道，“据我所知，他可能做过不法之事。还有欧阳小姐，也令我颇为怀疑。”

“老爷不会觉得欧阳小姐也做过不法之事吧?”丁小姐连忙问道。

“这倒没有，不过本县对她也想多了解几分。”狄公说罢，看着丁小姐似有所待。

丁小姐迟疑片刻，说道:“我答应过关师父不会将此事说出去，不过老爷既是县令，情形就不同了，我也不想让老爷怀疑欧阳小姐真与什么不法之事有关。她并非真是女伶，用的也不是真名实姓。我不清楚她到底是谁，只知道从京城而来，家里很是阔绰。为了能跟着戏班一起来朝云观帮忙助兴，她许给关师父一大笔钱，还说来这里只为警告一个人，因此想上台与黑熊合演一出，并且要自行上妆。关师父觉得其中倒也没甚古怪，而且一里一外的还能赚上两笔，就点头答应了。我们进入朝云观后，凡是与道士们打交道的事，她从来不去，只有关师父、师娘和我去教授众人在台上如何起舞动作，莫摩德也是一样不甚帮忙。”

“你看莫摩德以前可否认识欧阳小姐?”狄公又追问道。

“这个我可不知。他二人在一起时，几乎总要吵嘴。今天晚上，众人见欧阳小姐扮作包小姐的模样，过后关师父问起此事，她只说自己心里有数。老爷意外造访，吓了关师父一大跳，还以为欧阳小姐做过什么不法之事，因此老爷专门跑来查问。我就知道这些，还请老爷不要告诉关师父或其他人是我说出去的。”

狄公点点头，心想这故事好不离奇，令情势愈发复杂起来，不禁有些懊悔，刚从座中站起，忽觉肚内一阵翻搅，示意丁小姐先出去一下，旋即踉跄奔到屋角的便盆旁，大口呕吐起来。

吐过之后，狄公在梳妆台上的水盆里洗了把脸，又梳理一下长髯，觉得清爽不少，又喝过一杯茶，方才开门叫丁小姐进来。此时狄公自觉已可行走如常，头痛也消失殆尽，便微微一笑说道:“本县这就走了，多谢小姐及时相救。如果有事需要我帮忙，只管开口，我断不会忘记此番大恩大德!”

丁小姐点点头，低眉垂目抚弄着大红丝绦的末梢，忽又抬头说道:“我有一事，想跟老爷讨个主意，是关于……关于一件私事，实在有点难以启齿，不过老爷既是县令，想必听说过种种匪夷所思之事，早已见怪不怪了。说老实话，我虽也经历过几桩情事，却不像别人那样觉得有多少乐趣，但我不得不说自己非常喜欢欧阳小姐，胜过以前遇见的任何男子。我总对自己说这实在太荒唐，以后也自会平息下去。我虽有意躲开她，但也疑心自己是不是天生不宜嫁人，如果有谁娶我为妻，我也不想令他过得不快活。老爷以为我该怎么办才好?”

狄公抬手挠挠头皮，忽觉一阵疼痛，赶紧放下手缓捋髭须，开口说道:“眼下本县也无能为力。小姐以前遇见过的男子，可能你并不真正中意，也可能他们并不真正中意你。无论如何，那些短暂的露水情缘，都绝难与婚后的家庭生活相提并论。朝夕相处能促使二人相互理解更多，这才是幸福美满的基石。欧阳小姐颇有几分神秘，再加上她那些刻意取悦你的举动，让你感到格外魅惑。如此说来，你最好还是与她保持距离，直到你更加明白自己的心意和她的企图为止。若是你对自己和她尚无完全的把握，就不要贸然行事，因为那样会伤害你的自尊，扭曲你的感情。作为一县之令，我只能再说一句:鉴于你二人都已成年，并且可以替自己做主，你们爱悦何人与我并无干系，只有牵涉到子女或家眷时，律法才会介入其中。让人人都随着自己的心愿去安排各自私事，只要不伤害到他人或是合法的亲属关系即可——我们的社会与律法，正是由此种精神所支配统领的。”

“宗黎那厮总是对我和欧阳小姐说三道四！”丁小姐不悦地说道。

“不必在意宗公子，他只是个轻佻放浪的小后生而已。他还有一套说法，认为包小姐是被迫出家的。”

“胡说八道！我曾与包小姐私下谈过几次，她就住在这层楼里。她一心想要出家修道，听去似是有过一场不幸的恋情，因此想要断绝尘缘。”

“我被人打倒时，正要去找那包太太。如今已是深夜，只好明早再去拜访。莫摩德是不是也住在这一层？”

“正是。”丁小姐说罢，扳着手指数了一数，“老爷转过拐角后，右手边第四间就是他的客房。”

“多谢你了！”狄公说着朝门口走去，“不必为自己忧心忡忡！”

丁小姐报以感激的一笑，狄公随即出门而去。

十一

狄公迅速打量一下左右，想来那歹人不敢守在原地再次暗算，但是也说他不定。四周一片沉寂，如同坟场一般，狄公沉思着朝前走去。

莫摩德那厮身高力壮，足可暗中下此狠手。若是此人果真专门虐害女子，并且曾在自己与真智说话时贸然闯入过花厅的话，则其动机很可能是因为害怕县令追查观内私藏妇人的秽行，并顺藤摸瓜发现他虐害独臂女子。如此说来，自己看见的那一幕就不是幻象了！无论如何，必须去问问真智当时究竟是何人闯入花厅。

关于欧阳小姐，丁小姐所说的情形也令人担忧。她显然故意扮作包小姐的模样，为的是警告包小姐或包太太，不过到底所为何来呢？或许她对关莱所言不实，要说一个住在京城的富家小姐豢养着一头大黑熊，未免荒唐可笑。很可能欧阳小姐原本就是以走江湖卖艺为生，受了他人指使而加入关莱的戏班，但那藏身幕后者却是身份不明。凡此种种，都十分令人迷惑。

狄公郁郁摇头，转过拐角，停在左边第四扇门前，抬手叩了几叩，里面果然不见动静，又轻推一下，发现并未上锁。趁此良机，正好搜查一番莫摩德的家当。

狄公推开门扇，隐约看见一口高大的橱柜，柜门敞开，前面有一张桌子，桌上放着一支蜡烛。狄公迈步进屋，反手掩起门扇，走到桌前，正在袖中摸索火镰时，背后忽然响起一声低吼。

狄公转身一看，就在门边的地上，两只绿莹莹的眼睛正紧盯着自己，随后缓缓抬起，仿佛有个庞然大物迈开沉重的步子，只觉脚下的地板也随之震颤起来。

通往门口的出路已被堵死，狄公急忙绕着桌子一转，手忙脚乱地朝柜门方向摸去，摸到后便一脚踏入，立即关上门板。只听外面一声吼叫，似是近在咫尺，不但有爪子抓挠的声音，吼声也愈来愈高。

狄公这才记起丁小姐说的是右边第四扇门，方才却一时大意走到了左边，不禁暗骂自己太不小心，只可惜悔之晚矣。此处显然是欧阳小姐的客房，她本人出门而去，却把那骇人的野兽留在了屋里。

这时抓挠声暂止，黑熊在橱柜前躺倒，狄公只觉脚下的木板也跟着晃动起来。

这情形真是糟糕透顶。欧阳小姐可能不久便会回来，自己大可透过柜门冲她叫喊，但是此时此刻，却只能听天由命了。对于黑熊会有何举动，自己全不知晓，这畜生会不会立时猛撞柜门？门板看似足够厚实，不过黑熊万一全身扑上的话，轻易便可将橱柜完全挤垮。

柜内虽然空无一物，地方却很狭小。狄公不得不半蹲在其中，脑后肿起的大包正压在柜顶上，颇觉疼痛，空气也变得愈发闷塞，很快便会令人感到窒息。

狄公小心地将柜门推开一条窄缝，顿觉一丝清气飘入。与此同时，外面一阵骚动，黑熊开始摇晃橱柜，口中呜呜乱叫，再度抓挠起门板来。狄公迅速关门，两手紧紧握住把手，心中惊惧万分，这情形实在难以应付，过不多久，复又觉得气闷不已，胸肺也颇感不适，浑身汗出如浆。要是再次开门透气，黑熊会不会将爪子伸入，并强行拉开柜门呢？

狄公正决意再度冒险一试时，只听有人走入屋内，并厉声喝道："莫非你又在追耗子了？还不赶快回墙角里去！"

黑熊迈着沉重的步子走开，地板再度随之震颤。狄公轻轻打开柜门，深吸一口清气，只见欧阳小姐点亮蜡烛，又走到梳妆台前，从抽斗中抓出一把果脯扔给黑熊。

"接得好！"欧阳小姐赞道，黑熊报以一声低吼。

狄公长长舒了一口气，虽说从这藏身之处狼狈钻出并自报家门，实在有失颜面，但是总要好过被一头可怕的野兽折磨至死！狄公正想开口，却见欧阳小姐解下腰带，又急急扯开衣裙，不禁尴尬万分，心想还是等她换上睡袍后再说为上，正要关门时，忽又停手不动，双目圆睁直盯着欧阳小姐。那两条裸臂虽然细瘦，却是肌肉劲健，上臂覆有一层黑黑的汗毛，左胳膊印着长长一道红色疤痕。只见她脱去长裙，上半身裸露出来，果然是一个青年男子。

狄公推开柜门，清清喉咙说道："我乃是汉源县令，方才误入此间。"眼见黑熊怒吼一声缓缓逼近，连忙又道："让这畜生离我远一点!"

那男子站在梳妆台边，目瞪口呆地望着狄公，这时冲黑熊喝令一句，黑熊便乖乖回到了窗边的墙角里，口中仍呜呜直叫，脖颈处毛发立起。

"你可以出来了!"男子简短说道，"它不会碰你一下。"

狄公钻出橱柜，朝桌旁的椅子走去，两眼仍是紧盯着黑熊，面上犹有疑色。

"只管坐下!"男子不耐烦地说道，"我跟你说了不会有事!"

"话是这么说，本县还是希望你能用链子将它拴起来!”狄公断然说道。

男子摘下假发，走到黑熊身边，将一条粗重的铁链扣在黑熊的项圈上，链子另一头系在窗钩上。只听铁锁“咔嗒”一声扣紧，狄公只觉得这声音简直无比动听，方才在竹椅上坐定。

男子套上一件宽大的外褂，从旁坐下，阴沉说道：“如今已经被你看破，你想要怎样?”

“你可是包小姐的兄弟?”

“正是。不过那姓包的妇人并不是家母，谢天谢地!你是如何知道的?”

“你在台上演戏时，莫摩德拿剑冲你猛刺，本县分明看见白玫小姐吓得面无人色，但是后来黑熊上台，她就完全无动于衷，说明她对你和黑熊都是了如指掌。适才看到你的脸面时，本县也留意到你二人确有相像之处。”

男子点头说道:“无论如何，我只承认犯下了男扮女装的小罪过，并且确有正当的理由。”

“最好原原本本告诉本县，你到底是何人?”

“小民姓康名益德，家父康武乃是京城中有名的米商。身为家中长子，我只有白玫这一个妹子。半年前，白玫恋上了一个年轻书生，但是家父认为二人并不般配，因此不同意这桩婚事。过不多久，那后生出门赴宴、大醉而归时，不慎从马上摔到地下，折断了脖颈，当场便没命了。我妹子听说后伤心欲绝，非说是因为家父拒婚，她那心上人才心情沮丧，因此父母应为他的酒醉丧命而负责。这话简直岂有此理，因为那后生一向就是个酒鬼，但是你又如何能跟一个痴情女子讲得通道理呢！白玫宣称要出家修行，家父家母千方百计地劝说她回心转意，结果却令她愈发固执起来，还威胁说如果不让她去，就要自寻短见，于是她便去了京城里的白鹤观学道。”

康益德抬手揩揩上唇，才想起髭须已被剃去，接着郁郁说道：“我去过几次白鹤观，试图与她理论，解释说那后生一向放荡不羁，家父拒婚正是明智之举，结果她听罢大怒，从此再也不肯见我。我最后一次去时，女观主道是白玫已经离开，并且不知去向。我塞给门房一些银子，这才得知一个号称包太太的寡妇与她结下了交情，随后带她离开白鹤观。家父家母听说后十分忧心，家父命我再去打探。我费了九牛二虎之力，终于探听出包太太带着我妹子来到朝云观，她想在此处正式受戒出家。为了再次劝说她打消此念，我决意追到这里。若是我作平常打扮，她一定不肯相见，于是就乔装改扮成一个女伶。我体格清瘦，以前又跟人学过一点戏，便假扮成欧阳小姐去接近关莱，又许给他一大笔钱，道是想要加入戏班，趁着庆典时前来朝云观。关莱做事很守信用，还请老爷不要责怪他。

“此计果然十分奏效。莫摩德舞剑时故意朝我刺戳，无意中倒是助了我一臂之力。白玫受到惊吓，忘记了对我的怨恨。下场之后，她从包太太身边溜走，偷偷跑到后台，对我道是如今正左右为难。包太太对她十分体贴，多少算是她的义母，由于一向虔诚，生平一大心愿便是眼看着我妹子正式出家。不过，白玫在道观里遇见了一位姓宗的青年公子，虽然对他知之甚少，这番相遇却使白玫有些犹豫起来，不过也绝不可令包太太失望，毕竟人家不辞辛苦带她前来，又在家人都与她作对时曾经百般安慰照拂。‘都与她作对’，老爷听听这话，真是她亲口所言哩！我对她说最好上楼去我的客房中，关于此事，我们再仔细商议一番。我教她脱去黑裙，只穿着贴身的白衣，如此一来，人们就会把她当成是我。她依言照办，将黑裙贴身夹在胳膊底下，然后出门而去。”

康益德搔搔头皮，懊悔地又道：“我正要跟她上楼，不巧在大厅里被那姓宗的蠢货绊住，总算脱身出来后，赶紧上楼回房，却不见白玫的人影。我去了包太太的客房，里面也是空无一人，随后我与关莱一道喝了几杯。方才我又去过包太太房中，想要碰碰运气，不定会有一人在那里，结果仍是漆黑一团，门也上了锁，我便打算明天再去。老爷明鉴，要说的就是这些。”

狄公缓捋颊须，想起以前倒是听说过康武其人，确是京城里有名的商贾，于是说道：“康先生，你若是将此事交到官府手里，一定会好得多。”

“老爷这话，请恕小民不能苟同。白玫出家本是经过父母同意，包太太在京城的道众里又颇有人望。况且老爷也深知如今道士们在官场上颇有势力。家父虽然笃信儒家教义，但是身为商人，他也不敢公然与道众作对，否则将会对生意十分不利。”

“无论如何，从此时起，你将此事交给本县来办。明日一早，我会亲自去找包太太与令妹，并且十分乐意劝她打消出家的念头，她对宗公子有意，这一点也颇为有利。虽说我并不会将自家女儿嫁给宗公子这般人物，不过他出身名门，假以时日，许是会有所改观。我认为女子的天职还是嫁为人妻、生儿育女，不赞成她们出家作尼姑或是女冠。如今你再说说，你是如何弄到这头吓人的畜生的？为何又要带着它一道前来？”

“回老爷，小民非常喜欢打猎。七年前，我在北方捉到了这头黑熊，那时它还是一只幼兽，从此就跟随着我。我教过它跳舞，或是玩其他把戏，当真十分得趣。它非常喜欢我，简直拿我当成父亲一般！唯独有一次，它用爪子撕伤了我的左臂，不过只是误会而已，全是为了向我爱抚示好！伤口后来虽然愈合，但是留下了一点麻烦，每逢遇到这样的阴雨天，左臂就会略感僵硬。我带着黑熊一起加入关莱的戏班，一则是它只听我的话，家里其他人没法照料它，二则也有机会可以与它一起上台表演。”

狄公听罢点头。如今事事都合了榫。康益德在台上不用左臂，是因为旧伤作祟。自己与陶干在过道中遇见白玫时，她的胳膊底下夹着黑裙，所以左臂紧紧贴在身侧。她当时十分匆忙，是因为不想撞见包太太，后来转过拐角处，定是仍旧遭遇上了那妇人，于是打算推迟到明天再与兄长面议。狄公又道：“我对黑熊一无所知。若是你不曾回来，不知它会有何举动？会不会撞开橱柜冲我扑来？”

“不不，不会！它们非常聪明，却不是非常大胆，以前没做过的事并不会贸然尝试，除非有人教授过它。正是因此，我才将它放在屋内且没有系上铁链。它绝不会试图把门打开，只会用鼻子嗅一嗅，在门板上不时抓挠几下，确定人还在里面，然后在地上蜷成一团，等你自行出来。它们有的是耐心。”

狄公听罢，不禁浑身一竦打个冷战，问道：“它们不会吃人吧？”

“比吃人还要糟糕哩！”康益德咧嘴一笑，“它们会把人推倒在地，然后滚来滚去，就像猫儿玩弄耗子一般与人戏耍，直折腾到断气为止。我曾见过一个猎人的残肢，被熊弄得七零八落，看去简直惨不忍睹!”

“老天!”狄公叫道,“居然有这等好玩伴!”

康益德耸耸肩头，说道:“它从没给我惹过乱子，也很喜欢我妹子，只是对我更为俯首帖耳。不过它不喜欢生人，会变得很紧张，那样子十分滑稽。对于有些生人，它并不在意，只是瞧一瞧，然后自去墙角里蜷成一团，不加理会，老爷显然不属于这一类！不过我得说它现在脾气很坏，因为没有好好走动过。临到天亮前一两个时辰，我会带它去外面的天井里。每天只有那个时候，道观里才会完全安静下来。那天井正夹在此楼与旁边的房舍之间，周围没有门窗，巷道口有一扇结实的大门可以关起，听说以前用作监牢，专为拘禁违规逾矩的道士。它在天井里可以活动一二，不会危及到任何人的安全。”

狄公点头说道:“还有一事，你在寻找包太太和令妹时，或许遇见过莫摩德?”

“没见过!”康益德怒道,“那厮总是纠缠丁小姐。我要不是非得男扮女装的话，早就狠狠教训他一顿了！虽说他比我高大壮实，但我学过拳脚，打他不在话下！如今我务必要让他离丁小姐远一点。那姑娘真是人物出众，且又身手矫健，骑马比许多男子骑得还好！如果她肯嫁给我，我定要带她一道出门打猎！家父家母总是催我娶妻，但那些小姐都是弱不禁风，性情又很娇纵，我对她们从无一丝好感。不过丁小姐很有主见，不知她是否会看得上我！”

狄公起身说道：“只管去问她便是！你自会发现她很是心直口快。如今本县非走不可了，手下随从正在等我。”

狄公努力对那黑熊友善地点点头，但是黑熊仍用一双冷酷的小眼直直对视。

十二

康益德刚一关上房门，狄公便直朝对面走去，见门未上锁，伸手推开一看，里面空无一人。竹桌上竖着一支蜡烛，烛火摇曳，即将燃尽，除了一张床与两把椅子之外别无他物，既不见包裹箱笼，木架上也未挂一件衣袍。如果不是点着蜡烛的话，实难想象有人住在屋内。

狄公拉开抽斗，见里面空空荡荡，蒙着一层尘土，又跪下查看床底，亦是空无一物，只有一只小耗子匆匆溜过。

狄公站起身来，拍打几下膝头，出门径去陶干的客房。此时已过午夜，想必陶干已从那班伶人处兴尽而归了。

陶干果然独自一人蜷缩在火盆边，房内空寂寒凉，火盆里只盛着寥寥几块热炭，皆因他节约成性，从不肯浪费一丝一毫多余的财物。陶干一见狄公进来，阴郁的长脸上露出喜色，立时起身问道："老爷出了何事？我四处都找遍了，却是——"

“给我倒杯热茶来!”狄公简短说道,“你这里有没有什么可吃的东西?”说罢在小桌旁重重坐下。

陶干连忙去自己的行囊中翻找,寻出两块风干油糕来递上,犹疑说道:“实在没有别的,对不住老爷……”

狄公咬了一大口,满意地说道:“好极好极!吃素的人自然不会这么说,不过猪油的味道实在很香!”

狄公狼吞虎咽吃罢油糕,又喝了三杯热茶,张口打个哈欠,说道:“如今我只想去美美地睡上一觉!不过,有些疑问虽说已经解决,但仍有几件事十分紧迫,还包括一桩未遂谋害在内!”接着对陶干道出遭人暗算一事,又简述了与丁小姐和男扮女装的欧阳小姐的谈话,最后说道:“事到如今,白玫出家一事总算了结。明日一早,在我们动身上路之前,我自会去找白玫小姐和包太太谈一谈。如今须得查出究竟是谁暗害我,并且所为何来!”

陶干捻着左颊上的三根长毫,沉思良久,终于开口说道:“丁小姐对老爷说过莫摩德十分熟悉朝云观,他会不会是个游方道士?这些人云游各地,遍访知名宫观,私下里也做些五花八门的不知什么勾当。由于他们不必像和尚一般剃成光头,因此很容易扮成俗世中人。莫摩德可能以前来过朝云观,也可能与那三个女子之死有涉。老爷看见的独臂女子,或许就是另一个受他虐害之人。如今他假扮成戏子，会不会是为了让那独臂女子闭嘴，或是为了敲诈这里的同伙呢?”

“此话大有道理，陶干，”狄公沉思说道，“并且也与我心里隐约的想法暗合。我记起你说过在饭桌上少了一副碗筷，不定就是因为莫摩德又穿起道袍并混入道众内。如果他在此处有个同伙，此事便可轻易办到。观内的道士看见他时，他总是戴着面具，或是面上涂着油彩。至于我们为何没能找到他，以及他的客房为何如我方才所见的那般空空如也，也可因此而得到解答。若是他果真偷听了我与真智的谈话，定会想要将我除去。”

“不过谋害县令之罪却是非同小可!”

“正是因此，莫摩德才最有嫌疑。据我想来，朝云观里的任何人都不敢如此胆大妄为。人人皆知谋害朝廷命官将会引起整个官场的注意，立时便会招来一大群查案官、缉捕与密探之类，为了追查凶犯，非得将观内翻个底朝天不可。不过莫摩德却是个外人，下手之后大可立即消失不见，根本不必在意道观及其道众后来会遭遇何事!”

陶干点头赞同，半晌后又道：“老爷，我们还得留意另一种可能。老爷说过在宴席上曾问起前任住持死去一事。假如那老家伙果然死得有些蹊跷，与此事有涉之人从旁听到了老爷的问话，会不会拼命想要阻止老爷重新调查呢?”

“绝无可能！玉镜死时，曾有十来个人在场。我对真智明明说过我并不相信……”狄公说到此处，忽然住口不语，接着缓缓又道，“你说得一点不错！我还说过即使涂成了金身，暴力致死的痕迹也能查得出来。不定有人听见了这话，误以为我想要验尸。”默然片刻，忽然一拍桌案，低声说道，“宗黎定会告诉我有关玉镜之死的所有情形！那惹人生厌的才子如今在何处?”

“我从关莱房中出来时，他们几个仍在开怀畅饮，说不定宗黎还在那里。客堂今晚给戏班付了钱，他们乐得玩个通宵达旦!”

“好，我们这就过去。”狄公起身说道，“我所受的风寒已然痊愈，虽不知是拜头上挨的那一棍所赐，还是因为昏厥之后睡了一半个时辰！如今头痛全消，身上也不再发热。此时你觉得怎样?”

“根本没事!”陶干淡淡一笑，“我一向睡得不多，晚上常常打一个盹而已，脑子里总在想这想那。”

狄公好奇地瞧了陶干一眼，只见他伸出手指轻轻一捏烛芯，蜡烛随即熄灭。这上了年纪的怪人为自己效命已近一年，虽说性情沉郁，自己对他的好感却是与日俱增，不知他夜不成寐时，心中所思者究竟若何。

狄公打开房门，就在这时，只听一阵丝绸衣料的窸窣声，一个黑影正急急穿过廊道而去。

“你守住楼梯!”狄公对陶干喝道，随即朝拐角处奔去，那不知名姓的偷听者已经消失在那边。

陶干疾步朝楼梯跑去，从袖中抽出一卷上过蜡的黑线绳，悬在高出头一级台阶一尺之处，咧嘴暗笑，口中喃喃念道:“啊呀呀！那人要是跑到这里，怕是会跌得很惨哩!”

陶干刚将绳子两头分别系在栏杆上，只见狄公转回，悻悻说道:“不中用！那边有一道窄窄的楼梯!”

“那人看去是何模样?”

“我出门时只瞥了一眼，他便闪过拐角，等我奔去时，已是踪影全无。不过正是暗中袭击我的歹徒!”

“老爷如何知道定是同一人?”陶干急急问道。

“我被打昏之前，曾闻到一股香气，刚才那人也留下了同样的气味。”狄公揪一揪长髯，又怒道，“我实在厌烦了这捉迷藏的把戏！我们必须抓紧行事，因为你我方才说的话，不定又被那歹人偷听了去。如今先去关莱房中，如果宗黎不在那里，我便径去叫醒孙天师，众人再一道查勘，非得搜遍这里的每一个角落与罅隙不可，管它禁地与否！快随我来!”

二人走入戏班的梳妆室，发现只有关莱和宗黎在里面，桌上赫然摆着长长一排空酒壶。关莱已然睡去，躺在圈椅中鼾声大作，宗黎则蜷缩在桌旁，正用食指蘸着酒水在桌面上随手乱画，看见县令老爷进来，正想站起，却听狄公断喝道：“你就坐在原处！”

狄公在宗黎旁边坐下，厉声说道：“你且听好！有人想要取我性命，此事或许与你说的前任住持之死有关。本县不想再继续兜圈子，现在就要听你说出有关此事的全部情形，快快讲来！”

宗黎抬手抹了一把脸面，眼见县令老爷带着手下意外造访，又耳闻这一番严词，倒是清醒了不少，此时郁郁望着狄公，清清喉咙，犹疑说道：“回老爷，此事颇多古怪，小生真不知道……”

“休要拐弯抹角！”狄公怒喝一句，又对陶干命道，“你去看看那些酒壶，若是这两个酒鬼尚未喝得精光，就给我倒一杯来，总可助我提一提神！”

宗黎看着陶干斟满一杯酒，眼中流露出渴慕之色，又见他无意替自己也斟上，只得叹气说道：“老爷想必知道家父与那前任住持玉镜是知交密友，不但常来这朝云观内拜访，他二人还定期互通书信。玉镜寄来的最后一封信中，曾道是对时任监院的真智起了疑心，还隐约暗示有些违规逾矩之事，与前来受戒出家的女子有涉，并且……”

“什么违规逾矩之事？”狄公厉声问道。

“回老爷，信中说得不甚明了，看去玉镜似是怀疑观内道士引诱那些女子一起修习某种秘术，类似采阴补阳的勾当，并显然认为真智也与之共谋。他还发现真智在花园的隐蔽处偷偷栽种曼陀罗，因此疑心真智要给某人下毒。”

狄公将酒杯重重放在桌上，怒道：“这些事为何不报告官府？要是人人都知情不举，或是说话半吐半露，我等又如何能履行官府职责？”

“回老爷，家父行事一向十分谨慎，”宗黎歉然说道，“在未曾查实之前，绝不会将事情贸然捅到官府去。他二人以前在朝云观中会面时，玉镜从未提及过这些，再说他已年逾古稀，头脑也时有昏聩，家父自然会想到或许是无中生有。这种种说法皆是含糊不明，家父认为在未经证实之前，不可轻举妄动，在未有确凿的证据时，甚至不想去找孙天师询问一二。可惜就在那时，家父不幸染疾，还没来得及料理此事便已亡故，不过在临终前嘱咐我务必要前来查明真相。”

宗黎叹息一声，接着叙道：“家父过世后，小生身为长子，整日忙于处置家中事务，竟至耗费数月，后来又出了一桩复杂的田产纠纷，官司足足打了几个月才算了结。

是故一年之后，我方能来到这里着手调查，虽然住在此间已有半月，却是毫无进境。曾有三个女子在这里丧命，不过老爷一定听说过皆是死于自然原因，没有一点迹象暗示出她们曾被卷入淫邪的勾当之中。至于玉镜之死，我极想进入地宫，看一看老住持身后留下的文稿等物，奈何观内北边不许外人进入，因此仍是一筹莫展。最后，我决心吓唬真智一下，暗自希望他若是真有嫌疑，便会露出马脚来，或是仓促动手来对付我，因此拙作中有云'长夜漫漫盘陀路'，内藏'曼陀'二字，关于两个方丈的另一首诗，亦是为了敲山震虎。真智听罢果然十分恼怒，老爷想也留意到了。"

"本县确实有所留意，"狄公淡淡说道，"不过我并不知道玉镜被害一事，因此即使看见，也是全然不解。"说罢思索片刻，又道，"在宴席中，真智对我简述过玉镜仙逝的经过。且把你所知道的情形通通讲来！"

宗黎死死盯住狄公手中的酒杯，半日挪不开眼。

"给他也倒上一杯！"狄公对陶干无奈说道，"油尽便会灯枯，看来非得添上一些不可。"

宗黎感激地灌下一大口，接着叙道："玉镜之死既被视为神迹，前后详情便被统统记录下来，以备日后收入朝云观志之中。大约一年前，就在八月十六日那天，玉镜独自一人在房中消磨了整整一上午，可能如平常一样阅读经籍，后来在斋堂内与真智、孙鸣和其他道众一起用过午饭，随后又回到自己房中，与真智一道饮了一盅茶，真智很快便出门离去，并对守在外面廊上的两名道士说玉镜打算午后绘一张猫图。”

“孙天师带我去看过那幅画，”狄公说道，“就挂在三清大殿一侧。”

“正是，老爷。玉镜一向非常爱猫，也喜欢为猫作画。真智吩咐过后转回大殿，两名当值的道士深知住持作画时不愿有人打扰，便一直候在门外，以备他有事召唤。过了大约半个时辰，二人听见玉镜低声念诵着最喜爱的经文，只因他平时作画渐入佳境时常会如此，倒也不以为意，后来声音愈来愈大，似是在与人争论，于是不免有些担忧，进去一看，只见玉镜端坐在椅中，面带喜色，画卷平铺在案上，几近完工。玉镜命二人去叫孙天师、真智、十方堂主并十二名年长高功来，说是有要紧话要讲。

“待众人齐集后，玉镜面露笑容，道是已得上天明示，领悟大道，即刻便要飞升而去。他直直坐在椅中，猫儿卧在腿上，两眼目光灼灼，开始宣道讲经，用语隐晦而古怪，十分高深莫测，观内一名道士当即从旁记下了他的言语，后来这语录被付刻刊印，还附有京师里的本派长老所作的详注，阐释其中隐含的所有深义，并证实这确为道家玄机的绝妙总结。评注与原文一同广为流传，如今已是本地所有道观中的必读之文。[1]

“玉镜讲了大约一个多时辰，忽然两眼一闭，朝椅背上一靠，呼吸时缓时促，随即便一瞑不视，就此升仙而去。

“所有在场看众皆是深受震动，以前尚无一人的修为高到如此地步，竟可将天界的玄机向世人徐徐道出。京师里的长老封玉镜为真人，尸身被涂上香膏，并供奉在地宫中，为此还举行了一场隆重的典仪，长达三天之久，有上千人前来观礼。”

“老爷明鉴，”宗黎最后沮丧地说道，“曾有十来个人目睹过此事，可证明玉镜是自然死亡，并且他也从未提过真智或其他什么人要暗害自己。小生如今也愈发认定，玉镜在写最后一封书信时确已头脑昏乱，毕竟已是年过七旬的老者，且又不时行止怪异。”

狄公未予置评，捻着颊须沉默许久，室内十分寂静，只听见关莱发出微微的鼾声。狄公终于说道：“我们须得记住一事，即玉镜在信中提过真智打算用曼陀罗的种子给

---

[1] 在 Dover 英文版中，无“观内一名道士当即从旁记下了他的言语”一句。

某人下毒。医书中曾有记载，有人中毒之后，会在昏迷与死亡之前异常兴奋。玉镜在最后几个时辰里的言行举止，或可以此来解释。也许他把这种兴奋当作是来自上天的启示，从而忘记了对真智的怀疑。唯一不利之处是玉镜在召集众人宣道之前，曾经安然无恙地画过半个多时辰的猫图。我们必须立时去查证一番，宗公子可否知道地宫如何走法?”

“回老爷，小生研究过家父以前绘制的一幅简图，虽然知道路径，奈何所有廊道的门扇全都上了锁!”

“本县的手下自有办法，”狄公起身说道，“关莱睡得正香，没了我等也是无妨，不如这就出门!”

“到了那些隐秘之所，不定还会遇见莫摩德或是独臂女子哩!”陶干满怀期望地说罢，从角桌上提起灯笼，三人出门而去。关莱仍躺在座中安然熟睡，发出阵阵鼾声。

十三

此时已是深夜，道观内十分寂静。三人先下楼到底层，随后又顺阶而上，一直走到三清殿上方装有槅栅的平台处，一路上不曾遇见一人。

狄公迅速瞥了一眼通往仓房的过道，亦是空空如也。

宗黎引路走上与仓房相反的方向，穿过长长的廊道，直奔西南塔楼而去，孙鸣的居处正在那里。三人行至通往孙鸣书斋门前的小过厅时，宗黎拉开右手边一扇窄门，沿阶而下，走到一处开阔地方，指着装饰富丽的高大双扇门，低声说道："这就是阎罗十殿的正门。上面的大锁看去很是结实！"

"比这更结实的我也见过哩！"陶干咕哝一句，从阔袖中取出一只皮囊，里面装有各样工具，上前摆弄起来，宗黎在一旁提着灯笼为他照亮。

"我听说阎罗十殿已有好几个月不曾开启过，"狄公沉思道，"不过门闩上却不见一丝灰尘！"

"昨天有人进过这里，老爷，"宗黎说道，"只因有一座塑像被虫子蛀坏，非得送去修理不可。”

“大功告成!”陶干得意说道，打开挂锁并放下门闩。狄公与宗黎走入殿内，陶干随即关上大门。宗黎高高举起灯笼，狄公朝前望去，只见一条宽阔的长廊，十分阴湿寒冷，不由得裹紧衣袍，口中咕哝道:“看去也是叫人心中作恶!”

“家父以前说过这阎罗十殿合该被废止才是，老爷。”宗黎说道。

“说得一点不错!”狄公语带讥刺。

陶干环顾四周，嗤笑一声，说道:“这些唬人的玩意儿全无用处！世人仍旧为非作歹，浑不在意到了阴曹地府会有何报应！他们向来就是如此。”

右边墙上挂满了卷子，书写着道教典籍中关于作恶与受罚的经文，左边却立着一排真人大小的塑像，描摹有罪之人的魂灵堕入阴间后所受的种种折磨。或是面目狰狞的厉鬼将人锯成两段，那人尚在兀自挣扎，或是几个妖怪狞笑着将一男一女扔进盛满沸水的铁锅中。再往前去，又见牛头马面们在阎王爷座前拖拽着一群披头散发的男女，那阎君像虽是浮雕，颌下的一把长髯却是用真正的头发制成。所有塑像无一不是设色鲜明。宗黎手提灯笼，亮光中映出眼神邪恶的鬼怪面具，还有受刑者惊恐扭曲的脸容。

三人紧贴右墙，快步疾行，一心想要远离这些触目惊心之物。此时狄公瞧见有个女子浑身赤裸，四肢伸开，背靠一块大石，一个青面獠牙的巨怪手持长矛，矛尖正对着她的前胸。那女子长发覆面，手足均被剁去，身上系着粗重的铁链，还草草涂了一层白石膏，然而处处纤毫毕现，真乃秽心污目。再往前去，那景象愈发不堪起来，只见两个恶鬼扮成古代武士的模样，披着血迹斑斑的盔甲，手持一柄战斧，正在肢解一对裸体男女，男子只剩下腰腿部分，女子脸面朝下躺在大砧板上，刚被砍去双臂。

狄公加快脚步，对陶干怒道："我得叫真智将那些女像除去。凡此种种已足够令人厌憎，大可不必再添入裸女。在官府许可的朝圣之所，本不许有如此淫秽之物。"

阎罗殿尽头的门扇并未上锁。三人顺着一道陡峭的台阶下去，走入一间宽敞的四方形屋内。

"这里应是西北塔楼的底层，"宗黎说道，"若是我没记错的话，那扇门后有一道楼梯，直直下去便是地宫，正在内庭下方。"

陶干开始动手撬锁，口中说道："这锁定是好久不曾开启过，完全生锈了。"

过了半日，方才听见"啪嗒"一声响，陶干打开铁锁，又推开沉重的门扇，一股霉气从黑暗的下方直冒上来。

狄公取过宗黎手中的灯笼，小心翼翼朝下走去。楼梯狭窄不平，下行三十级后，朝右一拐，又走了三十级，后面这一段台阶全是在石头上砍凿而成。狄公举灯一照，只见一扇坚固的铁门挡住去路，挂锁上还系着一条沉重的铁链，于是将全身紧贴在阴湿的墙面上，好为陶干腾出地方来。

陶干再次打开挂锁，又除去铁链，狄公迈步走入，只听黑暗中传来拍打翅膀的声音，于是急忙退出，只见一个小小的黑色物事从头顶飞过。

“原来是蝙蝠!”狄公厌恶地说道，复又走进室内，将灯笼高高举过头顶。陶干、宗黎仍站在狄公身后，默默打量着眼前令人敬畏的景象。

地宫呈八角形，略显狭小局促，正中央建有一座木制镀金高台，上面供着一个人形，坐在一张雕花朱漆高椅上，全身装束十分正式，一袭硬挺的金锦长袍，窄窄的肩头披一条宽阔的红丝绶带，头上高耸着金光闪闪的黄冠，褐色的面颊凹陷下去，两眼好似皱缩的狭缝，看去十分古怪，似是正盯着众人看觑，颔下一副蓬乱的白须，其中一绺已经脱落。左手被肩上的绶带遮住，右手如同枯瘦的指爪一般，握着一根住持用的细长手杖。

入地宫三人查证物

狄公躬身一揖，陶干、宗黎也依样而行。

狄公朝前走了一步，手提灯笼照向四壁。只见石墙被打磨得平整光滑，上面刻有大字经文，字迹美观并涂有金漆。后墙处摆着一只硕大的朱红皮箱，外挂一把铜锁。地上虽不见一件家什，却铺着厚厚的地毯，金棕色的毯面上织出蓝色太极图案，空气倒是颇为干爽。

三人环绕高台行走时，又有几只小蝙蝠围着灯笼上下飞旋，狄公抬手将它们驱走。

“这些蝙蝠从何处而来?”宗黎悄声问道。

狄公指着天花板上的两个小孔，说道:“那里便是通气孔。宗公子关于两个方丈的诗中全说错了。此处太过干燥，因此并无蛆虫，应为‘一人对蝙蝠’才是，不过放在诗里，只怕难以合韵哩!”

“‘一人对猫宠’!”宗黎咕哝道。

“我们正是为此而来！玉镜画过许多猫图。陶干，你去把箱子打开！里面肯定有他的画卷和手迹，想必应是不会收在别处。”

陶干动手撬锁，狄公与宗黎从旁看视。只见箱内堆满了一卷卷纸张绢帛，陶干取出最上面的几卷，展开两幅递给狄公，说道:“老爷请看，这里还有别的灰猫图。”

狄公随意瞧了几眼，只见一张画上绘着灰猫在地上玩木球，另一张则是灰猫在草间扬起前爪欲扑蝴蝶。狄公忽然浑身一僵，静立半晌，定定注视着画卷，随即又放回箱内，急急说道：“关上箱子。我已找到了充足的证据！玉镜果真是被人害死的！”

陶干、宗黎开口欲问，却见狄公喝道：“快点收拾好箱子，我们这就去捉拿凶手！”

陶干迅速收好画卷并放回原处，关起箱盖，紧跟在狄公身后。狄公最后望了一眼玉镜凹陷的面颊，躬身再拜，走出门去。

三人顺阶而上时，狄公对宗黎问道：“住持的居处可是在观内第四道门后？”

“正是，老爷！若是我们回到西边塔楼，走那朝东的过道，便可直通向内庭门楼。”

“你这就带我前去。陶干，你赶快顺着阎罗十殿转回，去三清大殿的侧厅内，取下墙上挂的灰猫图，然后叫醒一个道童，让他带你去住持的居处。”

三人默默登上西北塔楼，陶干朝前径去，宗黎引着狄公向左一转，拐入一条黑暗的廊道中，透过窗上的遮板，复又闻得室外的风雨声。就在下面中庭内，似有什么陶土制成的东西摔碎在石板地上。

“那是屋上的瓦片被风吹落坠地。”宗黎说道，“这场暴风雨已接近尾声，通常开始时会刮上一阵狂风，结束时也是一样。”

二人走到一扇门前，停住脚步。此门看去十分厚实，并且还上着锁。

“老爷，据我记得的简图所示，”宗黎说道，“这里应是住持卧房的后门。”

狄公抬手猛敲数下，又将耳朵贴在平滑的门板上，似是听见有人从里面走来，于是再叩几下。只听钥匙一响，门扇“嘎吱”一声缓缓开启，灯光中浮现出一张憔悴的枯脸，面目扭曲，惊恐万状。

十四

真智认出来人是狄公，看似大为放心，紧绷的面容稍稍松弛，犹疑说道："贫道……贫道不知何来如此荣幸……"

"进去再议！"狄公断然说道，"有一桩要紧事，本县想要与道长谈谈。"

真智引着二人穿过一间陈设简朴的卧房，走入隔壁的书斋内。此间看去十分舒适，狄公立时闻到一股甜腻的香气，却是来自条几上摆的一只古董大香炉。真智先请狄公坐在书案旁的一张高背扶手椅中，自己坐回书案后方，又将窗边的一把椅子指给宗黎，几度张口欲言，却又不敢贸然开腔，足见受惊不小。

狄公靠坐在椅背上，对着真智痉挛抽动的脸面凝神注视半晌，方才和缓说道："本县此时前来搅扰，实在万分抱歉，值此深夜之际，毋宁说是凌晨才对！幸好道长尚未安寝，看去仍是穿戴齐整，莫非在等待什么人不成？"

"不不……适才贫道正在卧房的座椅中小睡，"真智说着惨然一笑，“再过个把时辰，贫道就要去做早课，因此……因此便无须再度更衣了。老爷为何要从后门进来？我还以为……”

“道长总不会以为是玉镜真人从地宫里走来叩门吧？”狄公闲闲说罢，见真智眼中突然流露出惊惧之色，又道，“他确已死去多时，此事自然不会发生。本县刚刚下地宫内看过，道长大可放心。”

真智心神略定，在椅中直坐起来，厉声说道：“老爷为何要去地宫？贫道明明说过每年此时——”

“不错，道长确实说过。”狄公插言道，“不过本县仍觉得应去查看玉镜真人留下的手泽。关于玉镜之死，本县业已耳闻目睹了不少情形，趁着记忆尚且明晰，想要立时澄清几事，因此才会在这非同寻常之时贸然闯来。道长且回想一下，玉镜在世的最后一天，你曾与他一道在斋堂内用午饭，不过上午并未见过他，可是如此？”

“只在做早课时见过，之后玉镜真人便回到自己房中，就是这间书斋内。在敝观中，此间是住持的私人居处。”

“明白了。”狄公说罢，在座中一转，正对着身后墙上的三扇高窗，“那几扇窗户想是面朝中庭？”

“一点不错。”真智连忙答道，“每逢白天时，书斋内甚是亮堂，因此玉镜真人格外喜爱这里。画画是他唯一的消遣，向来乐此不疲，而阳光充足之处正适合作画。”

“果然非常适合，”狄公说罢思忖片刻，又道，“还有一事，本县与道长在花厅内叙话时，曾有一伶人闯入，道长还议论过几句他们放肆无礼。在那人关门之前，道长可否看清他究竟是谁？”

真智刚刚恢复自持，听见这话，忽又不安起来，嗫嚅说道：“不不……贫道想说，实是看清了，正是那会使剑的莫摩德。”

“多谢告知。”狄公说罢，缓捋长髯，两眼紧盯着书案对面惊恐不安的真智。

三人各自默坐，半晌无语。宗黎开始在座中不耐烦地左右挪移，狄公却纹丝不动，静听着雨点打在遮板上的声音，似是比先前越发急促起来。

这时有人叩门，只见陶干进来，将夹在腋下的卷轴递给狄公，随后立在门旁。

狄公将画卷铺于案上，正放在真智面前，说道：“本县听说这便是玉镜真人所绘的最后一幅画。”

“正是。午饭过后，贫道与玉镜真人在此处饮茶，然后玉镜真人道是午后想要作画，那可怜的猫儿就蹲坐在墙边的乌木雕花条几上。贫道心知他作画时喜欢独自一人，便立时告退出来，最后看见他正将一张白纸铺开在书案上，并且——”

狄公霍然立起，拍案喝道："你说谎！"

真智朝后瑟缩一下，开口欲言，狄公又喝道："你且看这玉镜真人的绝笔。那天午饭过后，就在这间书斋内，你将曼陀罗偷偷放入他的茶杯中，用此毒药谋害了他的性命！"又俯身案上，抬手指着画卷，"如此精工细作的一幅画，你居然说只用了半个时辰？看这细细绘出的毛皮，还有这雕花桌案的精致轮廓！至少也得花费一个时辰才能绘出。你自称离去之后玉镜开始作画，纯属一派谎言。他必定在上午便已完工，是午饭之前而并非午饭之后！"

"这话可不敢说定！"真智怒道，"玉镜真人画技娴熟，人人皆知他下笔很快。贫道不会——"

"你休想骗过本县！"狄公斥道，"玉镜虽已被你害死，但他心爱的灰猫却为主人作了最后一次明证！正是这只猫证实你有意扯谎。你来看这一双猫眼！瞳孔张得老大，对不对？如果当真在夏日午后画成，这房内十分明亮，瞳孔应该变成两道狭缝才是！"

真智枯瘦的身躯一竦，战栗良久，睁大两眼盯着面前的画卷，抬手抹了一把脸面，两眼喷火望着狄公，闷声说道："贫道想去孙天师面前说个明白。"

"随你自便。"狄公冷冷回了一句，将画轴重又卷起并纳入怀中。真智引着众人走下一道宽阔的台阶，行至底层，依然闷声说道："此时风停雨歇，我们可以从庭院中横穿过去。"

四人经过空旷湿漉的中庭，只见地上零星散落着碎裂的瓦片。狄公与真智走在前面，陶干、宗黎紧随其后。

真智走到三清大殿西边，推开角落处的一扇门，门后有一条狭窄的过道，直通向斋堂门口。众人正朝通往西南塔楼的旋梯走去时，忽听有人说话，声音十分低沉："如此深更半夜，你们在此处作甚？"

原来是孙鸣站在那边，手提一盏点亮的灯笼。

狄公肃然应道："真智道长有几句要紧话，并且想要当着天师的面说出。"

孙鸣提起灯笼，吃惊地看了真智一眼，随即说道："那就上楼去老夫的书斋里吧。此处冷风飕飕，总不能站在这里说话！"又转头对狄公说道："那二人莫非也要同去？"

"恐怕也得同去。他们是要紧的证人。"

"既然如此，你最好拿着我的灯笼，"孙鸣说着，将灯笼递给狄公，"老夫自然知道如何走法。"

孙鸣登上楼梯，真智与狄公走在后面，陶干、宗黎紧紧跟定。狄公只觉得两腿如同灌了铅一般，这楼梯盘旋延伸，似乎永无尽头。

众人一路摸黑顺阶而上，终于走到顶层。狄公提起灯笼一照，只见孙鸣正朝书斋前的平台走去，后面跟着真智。狄公刚刚从平台边沿冒出头来，就听见孙鸣说道："留神脚下！"忽又高声叫道："抓住！抓住！"

只听一声嘶哑的尖叫，随即从黑暗中传来一声骇人的闷响。

十五

狄公疾步奔上平台，高高举起灯笼。孙鸣面色惨白，一把抓住狄公的胳膊，哑声说道："那可怜人想要去抓住栏杆，奈何栏杆缺了一段！"说罢松开手，揩揩面上的冷汗。

"你赶紧下楼去看看！"狄公对陶干命道，又对孙鸣说道，"从此处跌落，怕是难以侥幸生还。天师，我们还是进屋去吧。"

二人走入书斋，宗黎跟着陶干一路下去。

"真智好生可怜！"孙鸣说着，在书案后方坐下，"狄县令，这到底是怎么一回事？"

狄公坐在对面的椅中，只觉得两腿由于疲累而瑟瑟发抖，伸手从怀里取出卷轴放在案上，开口说道："适才晚生去了一趟地宫，在那里看见前任住持玉镜真人亲手所绘的几幅猫图，立时便注意到他将细节画得十分生动逼真。有一张画上，猫儿的瞳孔只是两道狭缝，定是绘于午时。我又记起天师曾带我看过玉镜真人的绝笔，画中猫儿的瞳孔却张得很开，足证绘于上午，而并非是真智口中一向所说的正午时分。”说罢展开画卷，指着猫眼给孙鸣过目。

“老夫仍是不解狄县令用意何在!”孙鸣恼怒地说道，“这些与玉镜仙逝又有何关联?老夫当时也在场，敢说他走得十分安详，且又——”

“天师请听晚生解释。”狄公恭敬说罢，随即讲述了一番玉镜如何在给宗节度的信中提到曼陀罗，中了此毒后的症状又如何与玉镜临终前的举止相符，最后怯怯说道：“天师明鉴，晚生在此斗胆说一句，平日里翻阅道教经籍时，常常感到其中的措辞用语极其隐晦不明。因此可以想见，玉镜真人临终前所宣讲的道法，实则是他所记忆的各种经文混杂而成，必须经由京师长老评注后，方可言之成理。据晚生猜想，长老从玉镜的宣道中挑出一些神秘难解之语，并将其当作主旨，加以清晰明确的论述考辨，或是……”说到此处住口不语，焦虑不安地望了孙鸣一眼。

孙鸣看去仍然困惑不解，无意开口为本教回护一二，只是在座中缓缓摇头。狄公接着又道：“那天午饭过后，真智在书斋中与玉镜一同饮茶，并在玉镜的茶杯中投下了大量毒物。当时此画已几近完成。整个一上午，玉镜一直伏案作画，先是灰猫，然后是背景与细部，到了为用午饭而暂且停笔时，只须再画出竹叶即可。玉镜喝下有毒的茶水后，真智便起身离去，并对守在门外的两名道士吩咐说住持将要开始作画，因此不可进去搅扰。药性很快发作，玉镜变得亢奋起来，开始默念经文，随后又自说自话。他无疑以为这是得了天启而开悟，丝毫没有想过会被人投毒。天师想必也记得，玉镜既未说过此乃他的最末一次宣道，也未说过宣道之后他便要离世而去，皆因心中全无此念，只想对众人讲述自己开悟后所领会的道法。一番长篇大论之后，玉镜靠坐在椅中，想要歇息片刻，不料就在那时溘然长逝——走得倒是欣悦欢喜。”

“老天！”孙鸣出声叫道，“狄县令，你说的想必不错！不过真智为何要谋害玉镜？又为何执意要当着老夫的面坦承罪状呢？”

“据晚生想来，真智曾做过卑污的勾当，唯恐被玉镜发现并告发出去。玉镜在写给宗节度的最后一封信中，曾提到疑心观内发生了淫邪之事，与前来受戒出家的女子有涉。若是此事被揭穿，真智自然会身败名裂。”

孙鸣抬手掠过两眼，看去颇为疲惫，低声说道：“淫邪之事！那蠢材定是沉溺于旁门左道，包括采阴补阳术。狄县令，说来老夫亦有责任！我不该总把自己关在书斋里不闻不问，本应稍稍留意周遭发生之事。玉镜亦有处置不当之处，他既有此疑虑，为何不立时前来告知与我？我根本没有想到竟会……”说着声音渐低下去。

“据晚生想来，去年曾有三个女子死于观内，真智应是难辞其咎。他还有一个帮凶，自称名叫莫摩德。玉镜在世时，曾有不少女子前来贵观参拜，那三女也是一样，入观之后，定是被迫修习某些不可告人的秘术。莫摩德以前曾来过此处，如今混在关莱的戏班中再度入观，可能对真智加以威胁，并试图敲诈勒索。我注意到真智很怕莫摩德，再加上宗黎公然暗示玉镜被曼陀罗毒死，定是令真智感到走投无路。宴席将尽时，他看见宗黎与我交谈，过后我又道是想去地宫内一看，于是便以为官府预备勘查此事，一时丧心病狂，竟想要害我性命。他悄悄尾随在后，冲我头上打了一闷棍，不过我在昏厥之前闻到了一股香气，正与真智卧房中香炉散出的气味一模一样。平常与他接近时，并不会觉察出来，但他暗算我时挥臂猛打，于是从衣褶间飘出一阵香风，正好吹到我的面上。后来我与手下随从叙话，他又在门外偷听，匆忙溜走时，那股特殊的香气再次被我闻到。此人必是彻底头脑发昏，不可救药了。”

孙鸣听罢凄然点头，过了半晌，又开口问道：“不过，那厮为何非要当着老夫的面供认罪状？或许是心想我会替他遮掩开脱一二，我一向以为他还不至于蠢到如此地步！”

“在回答此问之前，晚生想先问天师一事，真智是否知道平台上的栏杆缺了一段？”

“当然知道！老夫亲口对他说过需要送去修理一下。须得说他这人办事倒是颇为勤勉！”

“既然如此，”狄公庄容说道，“真智应是自寻了短见。”

“岂有此理！狄县令，老夫分明看见他想要抓住栏杆！”

“你我都被他骗了，他并未料到我等会在旋梯下遇见天师，以为你定是在书斋内。他根本不是想要见你，更不必说当面认罪了。他明知自己走投无路，在被我捉拿问罪之前，一心想要登上高处，而那平台正是寻短见的绝佳地点。他假装意外身亡，为的是要保全自己的名誉与家产。至于他在这几桩罪行中究竟涉入多深，我们怕是永远也弄不清了。天师的意外出现，并不会彻底改变他寻死的念头。”

这时陶干、宗黎走入。陶干肃然禀道：“回老爷，那人摔断了脖颈，定是立时气绝身亡。我派人叫来监院，他们已将尸首挪至大殿旁的侧厅中，以待日后正式入殓下葬。我对众人道是此乃一场意外事故。”又转向孙鸣说道：

“监院想要和天师说几句话。”

狄公站起身来，对孙鸣说道：“目前我们最好仍持意外身亡一说。或许天师会出于善意，与监院议论一番应采取哪些必要举措。据我想来，理应将此事立即报与京师里的本派长老知晓！”

“明日一早，我们首先会派一名信使前去，还须问明长老对于继任者有何意愿。在尚未得到答复之前，将由监院暂理观内一应例行事务。”

“明日一早，还请天师惠助晚生起草一份关于此事的呈文。这张灰猫图是重要的证物之一，如今先留在此处。”

孙鸣点点头，对狄公着意打量一眼，说道：“狄县令，你最好回客房去歇息一阵！面色看去未免有些不佳！”

“回天师，晚生还得去捉拿莫摩德！”狄公颓然答道，“我确信他便是真凶，甚至比真智罪行更重。我们将真智之死上报为自寻短见还是意外身亡，全要看莫摩德会如何认罪。既然真智已死，关于那三女究竟如何殒命，如今只剩下莫摩德一人能够道出真相了。”

“那人样貌如何？听你说是个戏子？观内上演神仙道化剧时，除了最后一出，老夫倒是从头至尾全都看过。”

“莫摩德一直在台上演戏，曾扮过死者的亡魂，不过总是戴着木头面具，因此天师无法看到其本来面目。在最后一出戏中，他表演了一段剑器舞，晚生虽亲眼见过，但是他的脸上仍涂有油彩。我怀疑他如今又扮成道士混迹于观内。此人身材高大，肩宽背阔，看去总是神色阴郁。”

“道士们几乎个个如此，”孙鸣低声说道，“想来皆是饮食不当的缘故。不知狄县令打算如何捉住他?”

“回天师话，晚生必须尽快想出一个法子来才行!”狄公淡淡一笑，略带懊悔地说道，“若是没有莫摩德的供词，我就不能彻底了结此案。”说罢躬身一揖，告辞离去。

狄公与陶干、宗黎走到门口时，正遇上监院迎面过来，面色看去愈发惴惴不安。

十六

狄公、陶干与宗黎走入三清大殿时，十方堂主正与几名道士窃窃私语，看见县令老爷，连忙走上前来，默默引路去往侧厅。

真智的尸首已被安置在一座高高的木架上，用一块大红织锦覆盖全身，锦面上有金线绣成的太极图。狄公掀起红锦的一头，对着死者平静的脸面注视半晌，又松手任其垂落。这时十方堂主低声说道："启禀老爷，四名道士将会在这里整夜诵经。再过几个时辰，早课便会开始，监院打算到那时再向众人宣布此事。"

狄公说了几句悼亡慰逝的话，随即转回大殿，陶干、宗黎仍在立等。

宗黎怯怯说道："小生可否请老爷去我的房中喝一杯茶?"

"本县再也不想走楼梯了!"狄公决然说道，"叫个道士送一大壶苦茶去那边的屋里!"

狄公走到大殿另一侧的一间小室内，此处显然曾是待客的花厅。狄公坐在一张雕花精美的古董檀木茶几旁，示意陶干搬一把椅子坐在对面。墙面上挂着几幅神仙画像，装裱甚为精美，纸面已年久泛黄，狄公默默审视半晌，又见画像上方有一块透雕板，看过去便是幽暗的大殿，隐约可见巨大的镀金三清圣像的头脸。

这时宗黎提着一只大茶壶进来，倒了三杯茶水，狄公叫他也从旁坐下。

三人各自饮茶时，听见从对面侧厅中传来嗡嗡的吟诵声。几名道士围在真智的尸身旁，开始为逝者念经超度。

狄公一动不动靠坐在椅中，只觉得筋疲力尽，两腿和后背由于钝痛而不停抽动，脑中有种奇怪的空洞感，极力想要回顾一番玉镜被害和真智自裁的前后情形，并且隐隐感到有些事情仍需深究。关于莫摩德，尚有一些隐晦不明之处——若是能够正确地解释出来，便可认清此人的全貌，奈何头脑一片麻木，无法使理路清晰。莫摩德的头盔仍在眼前不停浮现，狄公明明感到那头盔有些不对头的地方，只是此时思绪混乱，听着道士们的诵经声，愈发觉得昏昏欲睡。

狄公暗暗打了一个哈欠，努力坐直起来，两肘据案，看着对面的二人。陶干一张瘦脸漠然如常，宗黎却已十分困乏，面目松懈，如此疲惫之际，倒是卸下了平日里傲慢无礼的外表，看去不再像个惹人生厌的轻薄后生。狄公想到此处，一口喝干茶水，对宗黎说道："宗公子，你既已完成了令尊生前的嘱托，最好还是安下心来，认真攻读圣贤书，以备日后下场应试。令尊才智超群、广受敬重，你大可证明自己并未辱没了他的一世英名！"说罢怒瞪了宗黎一眼，将头上的帽子朝后一推，又迅速说道："如今我们须得议论一下如何捉住莫摩德，并救出正在受他虐害之人。必须让他供出那独臂女子究竟是谁，且被他藏在何处。"

"独臂女子？"宗黎惊问道。

"不错，"狄公说着，目光锐利地瞥了宗黎一眼，"莫非你在观内见过这样一个肢体残缺的妇人？"

宗黎摇头答道："没见过，老爷。我在观内住了半月有余，从未听说过有什么独臂女子。"说罢微微一笑，又道："老爷说的莫非是阎罗十殿里那座塑像？"

"塑像？"狄公一脸惊异地问道。

"回老爷，就是身上缠满铁链的那一座，听说左臂被虫子蛀烂后掉了下来。须得说他们修理得倒是够快。"宗黎见狄公直直盯着自己，又道，"就是青面鬼拿长矛指着的那个裸身女子，老爷当时看见，还议论过几句——"

狄公拍案喝道："你这蠢材！为何不早说？"

"我还以为……走入阎罗十殿时，我明明对老爷说过有座塑像需要修理，并且……"

狄公一跃而起，抓过灯笼朝大殿奔去，口中叫道："你们两个快随我来！"

狄公似是全然忘记了疲累，一步两阶奔到三清大殿上方的平台处，陶干、宗黎好不容易才勉强跟上。

狄公气喘吁吁地引着二人穿过朝西的廊道，又顺阶而下，行至阎罗十殿的大门前，抬脚踢开门扇，直走到青面鬼与背靠巨石的裸女跟前方才止步，低声说道："你们看，她身上正在流血！"

陶干、宗黎一瞧，不禁大为惊骇。只见矛尖戳入女子的前胸，一股细细的鲜血流过涂有石膏的前胸。

狄公俯下身去，轻轻撩开覆在女子面上的长发。

"白玫！"宗黎倒吸一口凉气，"她被人害死了！"

"并非如此。"狄公说道，"你看，她的手指还在微微颤动。"

只见白玫全身上下涂着薄薄一层白颜料[1]，两手两脚却涂成了黑色，几乎没入阴影之中，除非留神细看，否则

---

[1] 在马来西亚英文初版和Dover英文版中，此处为石膏而非颜料，以下同。

绝难发现。

白玫的眼皮轻轻翕动，瞥了三人一眼，在疼痛与恐惧的交攻之下，眼神看去已几近错乱疯癫，浅蓝色的眼皮旋即重又阖起。她的下半个脸面上横着一条皮带，因此既不能开口发声，头部亦被牢牢固定在墙壁上。

宗黎伸手想要解下皮带，狄公却将他一把推开，喝道："把手拿开！你会令她伤得更重！且让我们来料理！"

陶干已将绕在白玫腰间与四肢上的铁链除去，口中说道："老爷，这铁家伙只是为了遮掩箍住她四肢的环扣而已！"说罢指指套在白玫脚踝、大腿与手臂上的铁钩，又迅速从袖中取出装有工具的皮囊来。

"慢着！"狄公喝令一声，细看那长矛的尖端，伸手小心按下四周的皮肉，直到矛尖完全露出，只见鲜血汩汩涌出，将白石膏染成一片殷红，创口看去只是新近刺出。狄公伸出大手握住铁矛，将矛尖拧得弯向一旁，随即又用力一扭，矛柄立时断作两截，青面怪的一只木手也随之断裂，"当啷"一声掉在地上。

"如今你去看看两腿！"狄公对陶干喝道，"给我一支镊子！"

陶干动手解开套在白玫腿部的铁夹，狄公转头看那捆在面上的皮带，只见皮带两端被几枚钉子固定在墙上，于是先将钉子拔下，再取出塞在白玫口中的一大团棉花，然后才除掉手臂上的铁夹。由于铁夹已深深勒入皮肉之中，狄公自是格外小心谨慎。

“真是内行手法!”陶干低声暗赞一句，松开了箍在白玫右腿上的铁夹。

宗黎两手掩面，禁不住落下泪来。狄公冲他喝道：“你过来！托着她的头和肩膀!”

宗黎握住白玫的双肩，扶着她软绵绵的身子直坐起来。狄公助陶干去掉了右臂上最后一只铁夹，将白玫从大石上挪开，平放在木头地板上，又解下项巾裹在她的腰间。宗黎蹲在白玫身侧，轻抚她的面颊，口中亲昵地喃喃低语，白玫却仍是不省人事。

狄公与陶干从旁边一对绿脸鬼怪手中抽出两杆长矛，并排放在地上，陶干脱下外袍，系在矛柄之间，做成一副临时担架。众人将白玫移至担架内，陶干、宗黎上前抬起。

“送她去丁小姐的房中!”狄公命道。

十七

狄公敲叩了大半日，丁小姐才开门出来，身上只套着一件薄袍，睡眼惺忪地上下打量一眼，开口说道："没日没夜进出我的房中，你得娶我做老婆才成!"

"闭嘴！让开!"狄公怒道。丁小姐退后几步，眼看陶干、宗黎抬着一副担架进来，不禁目瞪口呆。二人将昏迷不醒的白玫放在床上，狄公对丁小姐说道："你去把火盆里的炭火煽旺，让屋里暖和一些，再沏一大壶热茶，给她能喝多少便喝多少。阎罗十殿里又湿又冷，她在里面一丝不挂待了好几个时辰，很可能已经受凉过重。据我看来，她身上涂抹的虽然只是平常的白颜料，但仍有可能侵蚀肌肤。你拿一条手巾泡在热水里，赶紧将那颜料擦去。❶千万要小心，她的前胸虽然只刺破了一点皮肉，但是四肢上的青紫瘀伤没准比看上去更为严重，顺便再查看一下后背有无异样。你既然行走江湖，想必深知如何对付跌打损伤吧?"

丁小姐点点头，朝床上一动不动的白玫投去怜惜的一瞥。

“我这就去找些药膏来，”狄公又道，“他们两个会站在门外把守。快去一一照办！”

丁小姐并未发问，立时拿起一把蒲扇，开始煽旺盆里的炭火。狄公引着陶干、宗黎出门，说道：“去找康先生来。如果莫摩德出现，立即将他拿下，出手不必太轻！”说罢急急上楼，直奔三楼的自家客房。

狄公叫醒熟睡的侍女，等她们开门后，径直走入卧房。房内只点着两支蜡烛，行将燃尽。透过拉开的床帷，只见三位夫人同盖一床绣花锦被，彼此紧紧挤在一处，睡得十分安稳。

狄公蹑手蹑脚取出药箱，拉开抽斗四处翻寻，总算找到一盒油膏布与几小盒药膏药粉，转头一看，大夫人已然醒转，翻身坐起，整整睡袍遮住上身，睡眼惺忪地朝这边张望。狄公冲她微微一笑以示安慰，旋即出门而去。

狄公回到丁小姐的房门前，陶干禀报说康益德的房中空空如也，人和熊都不在里面，一时不知去向。

“你去包太太房中，”狄公命道，“再带她过来。”

---

❶ 在荷文本、马来西亚英文初版和 Dover 英文版中，此处的文字为：“阎罗十殿里又湿又冷，她一丝不挂在里面待了好几个时辰，虽说身上涂的石膏可以抵挡一二，恐怕仍是受凉过重。你先将石膏用温水浸软，然后再拿手巾擦掉。”荷文本在最末还多出一句“连同手上脚上的黑色颜料”。

“老爷，究竟是谁下狠手如此折磨她?”宗黎焦灼地问道，一时急怒攻心，竟至面目扭曲。

“我们很快便会知晓!”狄公断然答道。

这时陶干转回，道是包太太的房门紧锁，自己设法打开后，发现里面空无一人，只剩下一卷白玫的衣物。包太太的行李箱笼全都没了踪影，两张床也没人睡过。

狄公听罢未置一辞，反剪两手，在廊道中来回踱步。

过了许久，丁小姐方才打开房门，对狄公示意。

“一旦一切就绪，我自会叫你们进来。”狄公对陶干、宗黎说罢，跟着丁小姐走进房内。

狄公直走到床前。丁小姐将被子掀开并折好，又举着蜡烛靠近照亮。白玫仍是全无知觉，狄公先看过她身上的瘀伤，在探视铁夹留下的深痕时，只见白玫的嘴唇翕动几下。

狄公站直起来，从袖中取出一只小盒，命道:“将这药倒在一杯热茶里化开，可用来镇痛催眠。”说罢继续验伤。白玫的心跳听去让人不甚放心，不过似是并无内伤，除了左边太阳穴上的瘀青，并无受过毒打的痕迹，且仍是处子之身。狄公将药膏敷在伤处，又贴上厚厚的油膏布，见丁小姐已将鸡蛋的薄膜覆在前胸的创口处，心里十分满意，于是重又盖好被子，从带来的另一只小盒里捻出一撮白色粉末，放入白玫的鼻孔中。

丁小姐端来混入药物的茶水，狄公示意她抬起白玫的头。白玫打了个喷嚏，睁开两眼，狄公让她服药后又躺回床上，自己在床边坐下。白玫双目圆睁，直直瞪着狄公，显出难以置信的神色。

“叫那二人进来!”狄公对丁小姐命道，“她很快便能开口讲话，我想让他们从旁做个证人。”

“她这样子看去……不会太危险吧?”丁小姐焦虑地问道。

“还不算太糟，”狄公说罢，对丁小姐微微一笑，拍拍她的肩头，“你办得十分妥当。去叫那二人进来!”

陶干、宗黎进门后，狄公对白玫轻声说道：“姑娘只管放心，如今你已在安全的地方，很快便会好好睡上一觉。”

狄公见白玫仍然直直盯着自己，眼神古怪，心里不免有些嘀咕，于是对宗黎命道：“你来跟她说几句!”

宗黎俯身过去，轻轻唤着白玫的名字。白玫似是忽然回过神来，看着宗黎，开口时声音细弱，几乎难以听清：“出了什么事?莫非我做了一场噩梦?”

狄公冲宗黎断然示意一下，宗黎屈膝跪在床边，握住白玫的手轻轻抚摸。狄公对白玫安慰道：“无论发生过何事，皆已成为过去，全都结束了!”

“但是那些情景仍在我的眼前！”白玫叫道，“还有那一张张可怕的面目嘴脸！”

“你且说来听听！”狄公鼓励道，“你知道该如何让噩梦过去，对不对？一旦通通说出来，它们便失去了慑人的威力，从此成为过去，永远不会再来。究竟是谁如此作恶，将你关在了阎罗十殿中？”

白玫深吁一口气，望着头顶上方的床帷，缓缓说道：“记得看过戏后，我心里乱作一团。我与哥哥一向十分亲密，眼看别人险些拿剑刺中他，着实吓了一大跳，于是对包太太随口搪塞几句，便跑去后台与哥哥见面。我告诉他自己很是为难，想要与他私下谈谈。哥哥叫我扮作他的模样，上楼去他的客房中。你们想已知道哥哥男扮女装，充作一个女伶。”说罢疑问似的瞧了狄公一眼。

“不错，这些事我已尽知。”狄公说道，“你在楼上过道中遇见我们，过后又发生何事？”

“我绕过拐角处，不巧正撞见包太太。她看去怒气冲冲，狠狠骂了我几句，将我拽回客房中。进屋之后，她替自己辩解了几句，道是对我负有责任，不能任由我与一个名声可疑的女戏子厮混在一起。由于她举止粗鲁，我也十分着恼，因此倒是平添了几分勇气，明白道出我并未拿定主意是否真要出家修行，还说我在京城里便与欧阳小姐相熟，想要与她商议一番。

“包太太听完并未作色，道是此事自然由我说了算，不过朝云观内已为我预备好了受戒的一应事宜，必须立即去告知住持。她回来之后，说是住持想要见我。”

白玫将目光转向宗黎，接着叙道：“包太太带我前往大殿，顺着右边的楼梯上去，上上下下几次后，走入一间小小的梳妆室内，说我必须换上女冠的衣服去见住持，方才不算失礼。我恍然大悟他们是想强迫我出家，于是一口回绝。

“包太太听罢勃然大怒，冲我污言秽语地叫骂起来，简直判若两人，还动手撕扯我的衣裙。眼看她忽然变成这副模样，我一时惊骇无已，居然全无反抗的举动。她将我的衣服悉数脱去，就这样推进了隔壁房中。”

白玫瞧了狄公一眼，看去楚楚怜人，狄公连忙让她又喝了一杯茶。白玫接着低声叙道：“我看见一间宽大的卧房，陈设十分华丽。后墙处有一张床榻，明黄锦缎帷幔半开半掩，从里面传出一个低沉的声音：‘过来，我的小美人儿，我这就给你正经开戒！’我立刻明白自己陷入了歹人的圈套，必须设法逃脱出去。我转身想跑到门口，却被那恶妇一把揪住。她迅速将我的两手捆在身后，又拽着我的头发，意欲将我拖到榻前。我抬脚踢她，还高声大喊

遇恶徒白玫遭凌虐

救命。榻中之人说道：‘放开她！我想仔细看她一看！’包太太强迫我跪在榻前，随即退后几步。床里传来咯咯的笑声，听去十分怕人，我不禁大哭起来。包太太从旁说道：‘这还差不多些！做个好姑娘，人家叫你干什么，乖乖听话就是！’我冲她大声叫嚷，说我宁死也不会听从。那恶妇又说道：‘要不要我去拿鞭子来？’另外那人却说：‘不必如此，瞧这一身细皮嫩肉，弄伤了岂不可惜。她尚需一点时间反省一二，送她去睡吧！’于是包太太走到近前，挥拳猛打在我的头上，我立时便昏了过去。”

宗黎开口欲言，却被狄公扬手止住。白玫稍停片刻，接着说道：“我醒来的时候，只觉得背后疼痛难忍，自己正半躺半挂在什么硬东西上，头发遮住了脸面，因此看不分明，想要开口，才发现嘴被封住，两臂两腿也被铁夹箍住，稍稍一动，就会嵌入皮肉里去。后背在持续作痛，浑身上下绷得紧紧，似是涂抹了薄薄一层什么东西。

“我心里怕得要命。透过遮在面上的头发，我看见一张青面獠牙的鬼脸在冲我斜眼狞笑，一时竟忘记了疼痛，还以为自己命丧黄泉，如今已堕入阴曹地府中，不禁吓得昏厥过去。四肢的疼痛让我重又醒来，我用鼻孔努力出气，将头发稍稍吹开一些，这才看清那用长矛指着我的鬼怪其实是一尊木头塑像，于是明白自己被放在阎罗十殿中代替一座塑像，并且浑身上下涂了薄薄一层颜料。我心知自己尚在人间，不禁松了一口气，但是很快重又恐惧起来。一定有人端着蜡烛站在我身后，我躺在此处，根本无力自保，他们还会用什么新花样来折磨我呢？等烛光熄灭后，四周一片漆黑，我听见轻轻的脚步声渐行渐远。我拼命挣扎着想要开口出声，无论怎样也要好过被孤零零地撇在这黑暗中。没过多久，又听见一阵响动，却是老鼠在跑来跑去……"

白玫闭上两眼，打了长长一个冷战。宗黎忍不住开始哭泣，泪水滴落在白玫的手上。白玫睁开两眼，对着狄公疲倦地又道："我在那里不知待了多久，身上又痛，心里又怕，简直快要疯了，那种湿冷似是要刺入全身每一根骨头里去。我终于看见了灯光，还听到有人说话。我认出了老爷，并且竭尽全力想要冲你示意一二。我试着挪动手脚，但是手脚已完全麻木。我听见老爷议论我这羞人的模样，不过……不过身上总还有一条缠腰布吧？"说罢难堪地望了狄公一眼。

"一点不错！"狄公立即答道，"其他塑像上都没有，正是因此，我才会有此一议。"

"我也是这么想的！"白玫说着松了一口气，"不过当时却不能肯定，因为身上涂着一层颜料。然后……然后你们就走过去了。

“我心知自己唯一的指望就是当你们原路返回时，能引起你们的注意。我强迫自己冷静思索，忽然想到要是动一动前胸，让那矛尖刺破皮肉的话，鲜血流在白颜料上，必会十分显眼，这样就会让你们有所注意。我拼起全身力气，终于将上身挪动了一点点。矛尖刺入前胸时，虽说略有点痛，但是比起后背和手臂上的剧痛来，根本不值一提。身上涂的颜料让我感觉不到是否出了很多血，后来听见血滴在地板上的声音，才确信自己真是办到了，于是勇气大增。

“过不多久，我又听见了脚步声。有人匆匆跑过阎罗殿，从我身边一闪而过，根本没有多看一眼。我知道你们还会回来，不过似乎过了很久很久。最后你们总算来了……”

“姑娘实在勇毅非凡！”狄公说道，“我只剩下两件事要问，过后你便去好好休息。你刚才说过包太太如何带你去了那间卧房，并且有人等在里面，能不能再仔细说说一路上如何走法？”

白玫皱起眉头，似是在极力回想，随后说道：“我可以肯定那是在大殿东边，不过要说别的……我以前从未去过那里，且又一路左拐右转……”

“你有没有经过一处四方平台，四面围着一圈槅栅？”

白玫凄然摇头，答道：“我委实记不得了！”

“这没甚要紧。我还想知道你能否辨认得出床榻里传出的声音。会不会是住持真智？”

白玫又摇摇头，“那可怕的声音至今还在我耳中回响，不过并不是我认识的任何一人。我的耳朵一向很灵，”说着淡淡一笑，“你们第一次走进阎罗殿时，我就听出了宗公子的声音，虽然只是远远地听见，心里好不安慰……”

“正是宗公子说的一番话，让我想到你就在阎罗殿里，”狄公说道，“如果不是他，我也不会找到你。”

白玫转过头去，深情地望着跪在床边的宗黎，又抬头对狄公轻声说道：“如今我觉得十分平安喜乐！老爷的大恩大德，永远难以报答……”

“倒也未必！”狄公淡淡说道，“你只须教这后生作些更像样的诗文即可！”说罢站起身来。

白玫浅浅一笑，眼皮忽闪几下，方才服下的催眠药开始发生效力。狄公转头对丁小姐低声说道：“这姑娘一旦入睡，你就将宗公子赶出门去，再拿这药膏给她全身轻轻涂抹一遍。”

此时有人叩门，却是康益德进来，已换回一身男装，开口说道：“我刚刚将黑熊带到外面去。这里乱糟糟的，到底出了何事?”

“你去问丁小姐好了!”狄公劈头说道,“本县还有其他事要办。”说罢示意陶干出来。

自从康益德进门后,丁小姐一直睁大两眼紧盯着他,此时喘息说道:“你居然是个男人!”

“如此一来,你的难题便迎刃而解了。”狄公对丁小姐说道。康益德亦是两眼直盯着她,几乎不曾注意到宗黎与静静躺在床上的白玫。临出门前,狄公瞧见康益德正将丁小姐揽入怀中。

十八

狄公走到门外，对陶干悻悻说道："看来我还是辞去县令一职，转而以保媒拉纤为业好了。虽已撮合了两对男女，却仍是没能捉住一个凶犯！此刻便去你的房中，赶紧商量出一个计策来！"

二人走过廊道时，陶干黯然说道："老爷，实在对不住，我去大殿内取画，穿过阎罗十殿时，未曾停下对那可怜的女子多瞧一眼，不然就会看见血迹和……"

"你无须内疚，"狄公淡淡说道，"此事反倒证明了你的品行。要说定睛打量一丝不挂的女子，还是留给你马荣兄弟去做吧！"

狄公走入陶干的客房中坐下，陶干沏了茶水送上。狄公默默喝罢，叹息一声说道："如今总算知道了一事，即莫摩德在他的密室中搬动的，正是阎罗十殿里那座残缺不全的木头塑像。我们虽已找到了独臂女子，不过仍有一事未明，为何我会透过一扇本来没有的窗户看到那女像呢？不过还是姑且按下不提，先来凝神思虑刚刚得知的新消息。莫摩德以前定是利用包太太作为帮凶，专门替他诱骗女子，而住持真智则默许了这桩淫邪的勾当。莫摩德必已打定了主意，预备将白玫小姐关在阎罗十殿中过上几日，因此在我们到来之前，他便已挪走那木头雕像，可能还在墙上钉好了铁夹等物。这歹人实在可恶，居然就在我的眼皮底下施此毒计!”说着恼怒地揪一揪长髯，“白玫道出自己不愿出家并想与欧阳小姐互相来往后，包太太立即将此事告知莫摩德与真智，这伙人便决定抓紧动手。他们知道我打算明日一早就启程上路，若是我问起白玫来，大可编个借口轻易搪塞过去，就说白玫进入观内的禁地要清修几日，之后便会使出种种残酷的手段来肆意恐吓那可怜的姑娘，令她不敢告发出去。他们无疑还会想出其他说辞，对欧阳小姐和宗公子解释白玫为何失踪不见，应该说康益德才对。到了那时，白玫定已遭到污辱，自觉无颜再见兄长或宗黎。这伙恶徒真是心狠手辣!”说罢皱起两道浓眉。

陶干静静捻着颊上的三根长毫，人世间的任何罪恶邪行都不会令他吃惊。

狄公又道：“真智倒是早早逃脱了惩罚，但是我们一定得捉住莫摩德不可，他才是罪魁祸首。我看真智并无多少胆量，只是个懦夫而已，那莫摩德却生性冷酷，其残忍恶毒皆异于常人。如今没时间再思前想后了，陶干！我这就去找孙天师，然后再将观内所有人都召集在大厅里，让关莱与康益德挨个儿查看。如果莫摩德不在其中，我就依照原先的打算，把这该死的地方四处搜寻一番！”

陶干面露疑色，“老爷，我担心将观内道众全都召来的话，难免会引起莫摩德的疑心，并想到此事是为他而起，于是便在搜查之前先行逃走。如今风雨已停，天知道这里有多少通向外头的出口。一旦他跑进山里，再想捉住就极其困难。若是马荣乔泰与其他人都在，再加上二十来个衙役，情形自然就不同了，奈何如今只有老爷与我两人而已……”说到此处住口不语。

狄公郁郁点头，不得不承认陶干说得十分在理，但是又该如何是好呢？狄公漫不经心地取了一根筷子，想要将茶盘稳稳立在筷头上。

“我们没能弄到一幅道观全图，实在可惜得很！”陶干又道，“如果有图的话，不定就能推测出包太太带白玫小姐去的卧房到底在哪里，想来应是离仓房不远，就是老爷瞧见莫摩德放置裸女塑像的那一间。如此一来，我们还能证实那里的墙壁到底有多厚。”

“孙天师给我看过一张简图，类似道观的大致轮廓。”狄公说话时，两眼仍然紧盯着茶盘，心想自己应是将它立稳了，“对于弄清东南西北，倒是颇有助益，不过图上自然没画多少细处。”话音落后，松开扶着茶盘的手，同时举起筷子。只见茶盘掉到石板地上，顿时裂成数片。

陶干弯腰拣起茶盘的碎片，悉数放在桌上，试图往一处拼凑，好奇地问道：“老爷方才想做什么？”

“哦，那是丁小姐要过的戏法。”狄公略有些难为情，“你瞧，就是用筷子顶着茶盘打转，由于盘底有一圈凹槽，因此不会飞出去，看去十分干净利落。盘子飞转时，让我想起了孙天师在简图上方所绘的太极图来，代表阴阳二力互相围绕，不停地彼此作用。滑稽的是我竟让盘子掉到了地上。丁小姐操弄时，看去容易得很哩！”

“任何戏法在玩到纯熟之后，看去都是轻而易举！”陶干说着浅浅一笑，“不过实则却需要演练很久才行！好，这下全都找齐了，明天我就把这盘子补好，还可以再用上好几年！”

“陶干，你为何如此节俭？”狄公好奇地问道，“我知道你有一笔不菲的私产，且无家室之累。即使你不是守财奴，也断不会成为败家子！”

陶干腼腆地望了狄公一眼，愈发胆怯地说道：“回老爷，上天已经赐给我们这么多好东西，且还都是不花钱的！有房可住，有食可吃，有衣可穿，我总是害怕有朝一日老天爷会生了气，只因我们将这些好东西全都视为理所当然，甚而鲁莽地挥霍无度。正是因此，任何一样东西，只要多少还有些用处，我就不忍心将它丢弃。老爷请看，这盘子只不过多了一道裂缝而已，盘底的花样被拦腰切成两半，不过却是无法可想了！”

狄公坐直起来，紧盯着陶干用两手拢在一起的茶盘，忽然一跃而起，在斗室内来回踱步，口中喃喃自语。陶干抬头看看狄公，又转而盯着手中打碎的茶盘，心中疑惑老爷不知从中看出了什么。

这时狄公止住脚步，对陶干大声说道：“我真是个傻瓜，陶干！居然一直让人牵着鼻子团团转！不必再召集观内道众，我知道该去哪里寻找真凶了！我这就去孙天师的书斋，你到三清大殿上方的平台处等我！”说罢拿起灯笼，奔出门去，陶干紧紧跟随。

二人一路下楼，在空旷的庭院里各分东西。

狄公直奔西厢，经过斋堂门口，顺着旋梯一路攀至孙鸣的住处，抬手叩了几下雕花门板，里面无人应答，伸手一推，发觉门未上锁，于是径直走入。

书斋内颇为幽暗，蜡烛已烧得所剩无几。书案后有一扇窄门，看去应是通向卧房，狄公走上前去，抬手敲叩几下，又将耳朵贴在门板上，却未能听到一点声音，试图推开时，发现锁得严严实实。

狄公转身环顾室内，踱至道观简图前，凝神注视着最上方的太极图，半晌后出门而去，又匆匆看了一眼缺损不全的栏杆，拐入朝东的过道中。

在三清大殿上方，隐约可闻从下边传来嗡嗡的诵经声，然而陶干却不在此处。狄公耸耸肩头，直朝仓房走去，房门仍是半开半掩。

狄公走入屋内，高高举起灯笼，周围一应物事仍在原处，与上次来寻找莫摩德时所见的情形一般无二，只是墙角处的古董橱柜上双门齐开。狄公疾步奔去，踏入柜内，提起灯笼仔细端详后墙上装饰的纹样，双龙之间的太极图确为横向分界。自己曾向孙鸣问起过此事，不过当时没能想起究竟在何处见过横向分界的太极图，正是陶干适才所说的话与碎裂的茶盘，才令自己悟出了其中的联系。

狄公又发现一桩以前未曾留意之事，孙鸣曾解释过图中的两个圆点有何寓意，凑近细瞧时，才看清那圆点实为两个小孔，深深钻入木头里去。狄公用指节敲敲太极图，原来不是木头，竟是一个铁盘，与周围上了漆的墙面之间有一道细细的槽缝。

至于一块圆形铁盘上的两个小孔会有何用处，狄公自是心中有数，旋即摘下帽子，从顶髻上抽出发簪，将尖端插入一个小孔中，先试着朝左转，却是纹丝不动，然后又用两手握住发簪朝右使力，铁盘果然动了起来，轻松转过五圈后，似乎就此卡住。狄公颇费了些力气，才又转了四圈，这时柜内后墙的右半部稍稍挪动了一点，如同一扇门将要开启，并从里面隐隐传来声响。

狄公轻轻掩上暗门，转身走出仓房，沿着过道奔回平台处，四下环顾一番，仍是不见陶干的踪影。且罢，既然无人从旁见证，自己就去独自行事好了。狄公想到此处，重又返回仓房，走入橱柜，抬手推开暗门。

只见一条窄窄的过道沿墙朝右延伸出去，大约有三尺来宽、五尺来长。狄公三步并作两步行至拐角处，见有一间小室，低矮幽暗，屋顶上只悬着一盏落满灰尘的油灯照明，后墙处摆着一张竹榻，一个宽肩阔背的高大汉子正弯腰站在榻前，手拿布片来回擦拭。地上扔着一柄灶间用的大砍刀，浸在一汪血泊之中。

十九

那人直起身子，转头看见狄公立在门边，和蔼地微微一笑，开口说道："你居然自己找到这密室里来了！狄县令真是聪明过人！坐下坐下，且跟老夫说说你是如何发现的！你可以坐在长榻那边，老夫刚刚擦过，不过要留神地上的血迹！"

狄公一眼看到墙角处立着一座木制裸女像，与真人一般大小，石膏剥落，左臂被虫子蛀烂，只剩下一段残桩。狄公打量过后，在长榻另一头坐下，举目环顾四周。只见这密室仅有六尺见方，除了竹榻之外，别无其他家什。对面墙上开着一个圆孔，显然是用来通风的气窗，右边有一个黑洞洞的窗龛。狄公缓缓说道："我曾疑心这房舍的拐角处有一间密室，但是以廊道中的窗龛深浅来推断，却又不大可能，地方似是太狭。"

"一点不错！"孙鸣咯咯一笑说道，"不过拐角背后的外墙十分厚实，这间舒服的小室就建在墙内，不但从山峡方向看不到，而且从对面东楼的窗户里也看不到。那些老匠人的手艺很是精湛！狄县令又是如何想到这里有一间密室的?”

“只因偶然有幸看到。”狄公说着叹息一声，“昨天晚上，我进入观内不久，一扇窗户被风吹开，我便在一瞬间里瞧见了这间屋子。当时你正在搬动从阎罗十殿中移来的那座塑像，我只看见了你的后背，却将你那一头银发误认作是一顶套头铁盔，并且以为那塑像是一个活生生的女子。这便是我向你问起的旧日情景重现一事。”

“好家伙!”孙鸣惊讶地说道，“如此说来，你问的其实就是老夫本人了!”说罢开怀大笑起来。

“那幅景象让我开始追踪伶人莫摩德，”狄公面色漠然，接着说道，“因为他在舞剑时正戴着这样一顶旧式头盔。不过我仍是不明白，为何从外面看不到右边的窗户。我见过的想必就是那一扇了。”

“正是。不过这是一扇特殊的秘密窗户，说起来我并无半点功劳，去年发现这间大有用处的密室时，它就已是这般模样了。你瞧，窗上的遮板安在里面，并且外头贴着油纸的窗格上绘有砖头，看去与外墙融为一体，用的是透明颜料，因此屋里的人可以在白天打开遮板，让阳光照入室内，而外面的人却不会发现。”孙鸣说罢，捋着短短的络腮胡沉思半晌，过后又道，“如今我想起来了，昨天晚上，我为了透气而打开遮板，这窗户正在背风的一面。当时风雨大作，我知道对面的窗子全都关得严严实实，因此料想不会出什么纰漏。后来听见一扇窗户被风吹开，我才赶紧关上遮板，看来还是慢了一步！恐怕是有些大意了！”

“你还有更为大意的时候，便是在书斋中解说太极图时，一口咬定两仪总是竖向分界。我分明记得曾在某处见过横向分界的太极图，只是当时想不起来究竟在何时何地见过。若是你那时说两种分法皆可，我便会从此释怀，将此疑问彻底抛在脑后。”

孙鸣抬手一拍膝头，微微笑道：“不错，不错，如今我想起来你确实问过此事。我须得承认自己在说话时，全没想起那打开密门的机关来。狄县令真是目光锐利！不过，你如何能转得动那圆盘？密门侧面有一道竖立的门闩，旋转圆盘时，便可带动门闩上下挪移，着实要费些气力，你瞧，老夫这里还有一把专门的钥匙！”说着从怀里掏出一枚铁钩，上面有长长的手柄和两个突出的凹槽，那凹槽正好可以嵌入圆盘上的一对小孔之中。

“我头上的簪子倒也还好用，只是多花些工夫而已。再说回前话，你第三次粗心大意，是将康小姐放入阎罗十殿中。她的头和身子都被牢牢箍住，一动也不能动，双手双脚被涂成黑色，确实做得很巧妙，不过观内道众与来客甚多，将她藏在那里，极有可能被人发现，风险仍是不小。”

“非也非也。狄县令，这次你可是大错特错了。”孙鸣斥道，“每年此时，阎罗十殿都要关闭一阵，因此并无什么风险。这主意端的是独出心裁，你说是不是呢？过上一夜之后，那姑娘想必就会变得十分驯顺，有朝一日我还会再来一次，虽说为她涂抹全身真是费力不小！不过我很乐意把事情做得漂亮。狄县令真是个有心人，居然能从猫眼的变化推测出作画时间，确实非常聪明。老夫当初给真智提议如何除去玉镜时，全然忽略了这一点。我不得不遗憾地说一句，真智实在人品不佳，只会一味贪图财势，却又怯懦无能，不敢有所作为。他身为观内监院时，曾经从银库里偷过一大笔钱，如果不是老夫帮他的话，早已身败名裂。从此之后，我想要开心消遣一二时，他便不得不助我一臂之力！想不到玉镜居然嗅出了此事，简直和你一样聪明！幸好他年事已高，发现此事与观内的女子有涉时，立时便怀疑到真智头上去了——那老蠢材其实根本不知女人是何模样！我发觉指点真智除掉玉镜更为稳妥，事成之后，又说动京师中的长老指定真智为新任住持。”

孙鸣捻着眉毛沉思半晌，目光犀利地瞥了狄公一眼，接着又道：“真智近来惊慌失措，不但对宗黎那小无赖的含沙射影忧心忡忡，还一力坚称有个面相阴郁的古怪道士潜入观内，正在暗地里监视他。真智总觉得以前曾在哪里见过此人，狄县令要找的想必也是这厮了！自然都是些无稽之谈。就在你大驾光临之前，我不得已带着真智来到这间小室中，苦口婆心劝说了一番，不过显然于事无补。他变得愈发头脑昏乱，竟至想要除掉你，却又行事粗糙，结果弄得不可收拾——此乃老夫的真心话。”

狄公默默无语，思忖片刻后说道：“不，真智惧怕那个面相阴郁的道士，并非毫无道理。有个刘姓女子，就是得了痼疾、经你诊治后死在观内的那位小姐，不知是你从哪里找来的？”

“痼疾的说法真是最恰当不过！”孙鸣说着咯咯一笑，“这位刘小姐倒是颇有些不俗之处，生得圆润丰盈、体格健壮，且又精力充沛！她曾与一伙游民为伍，在京城外的一家田庄里偷鸡时被人逮住，好心的包太太贿赂过狱卒后，才将她弄到手里。”

“我明白了。你说的那个面相阴郁的道士，正是刘小姐的兄弟。我听人说过他可能原本姓刘。他有时会扮作游方道士，曾经以此身份来过朝云观，后来怀疑自己的姊妹在这里被害身亡，便扮作伶人莫摩德再度前来，为的是要寻出真凶、报仇雪恨。真智害怕他果然大有道理。此人不但精于剑术，且又是江湖上的帮会中人。他们向来有仇必报，从不会心慈手软，想必你也听说过。”

“且罢，”孙鸣满不在乎地说道，“既然真智已死，我们大可将罪名全都推到他头上去，你那喜好舞刀弄剑的莫摩德也可心满意足了。真智还犯下一个可悲的错误，到了最后关头，居然想在你的面前告发老夫，希图以此来保住性命。”

狄公点头说道：“真智当然不是自寻短见，我本该立时想到这一点，是你将他从平台上推下去的吧？”

“一点不错！”孙鸣喜形于色地说道，“我以为自己当时行事非常镇定哩！狄县令的推断令老夫十分钦佩！真智自裁极其合情合理，连我自己都几乎相信这就是事实了！听着，老夫没法给你倒茶，实在过意不去。这屋子虽然小巧舒适，可惜仍有些不便之处！”

“除了真智与包太太，你可还有其他帮手？”

“自然是没有了！狄县令为官已久，一定深知想要秘密行事的话，就不能搞得尽人皆知！”

“我想你正是在这里杀了包太太？”狄公说着，看看地上带血的大砍刀。

“不错。我发现阎罗十殿的大门开启，康小姐也不见了踪影，就心想不可冒险留下包太太这个活口。干掉她倒是不成问题，不过将其尸身设法从那气窗抛到外面去，却是大费周章，你也知道她身材肥胖。要是容我说句略失厚道的俏皮话，我也算是助她尸解升仙了！山峡底部有一道裂缝，从来没人能下到深处去。没了包太太，让我多少觉得有些可惜，她不但颇为得力，而且在京师中已有了极好的名声，自然也是我一手促成的。不过这虔心向道的寡妇非死不可，因为当你找出康小姐之后，她便成了唯一对我不利的证人。”孙鸣说着微微一笑，又道，“狄县令，不要以为老夫是专门与你作对！我很喜欢和你这样聪明的对手斗智斗勇。你一定棋艺高超，明天我们就对弈一局，你平日里应是下棋的吧？”

“几乎没有下过。”狄公答道，“我最爱抹骨牌。”

“骨牌？”孙鸣失望地说道，“好罢，世人各有所好，我不会为此与你计较争执。至于包太太，我很快便能另找一个妇人来接替她。”

“包太太确是一个重要的证人，”狄公缓缓说罢，手抚长髯注视着孙鸣，又道，“你不妨告诉我，当初为何要离开京师长安，定居在如此偏僻之处？”

孙鸣勾起两片薄唇微微一笑，似是在悠然回想，抬手轻拍一头银发，说道：“想当年，老夫得蒙皇恩，为圣上讲解道教经籍。有几个宫廷侍臣与妃嫔对于秘传秘炼之术发了兴头，其中有个宫人的女儿，不但形容妩媚，且又格外心热！可惜这姑娘一时愚拙，竟然自寻短见。此事自然被遮掩了过去，但是老夫也不得不离开皇宫，后来发现这朝云观倒是个合宜之处，让我可以继续潜心研习。去年包太太弄来三个女子供我受用，个个都很不错，只可惜接连丧命，想必你一定听说过了。”

“其中一女从这密室上方的塔楼里跌了下去——据说是一不小心，实情究竟若何？”

“她根本不曾上过塔楼！至少丧命的当天没上去过，却是在我的秘密卧房中。狄县令真该前去一观，里面用的全是明黄锦缎哩！我想康小姐一定过目难忘。如今再说回高小姐，她的下场与如今的包太太一样，不过却是自行跳下去的。我将她放在这间小室中，预备冷落一两天，算是给她一个教训，谁知她竟从那扇狭小的气窗里生生挤了出去，身形还真是苗条纤细。”

“若是在汉源县衙的公堂之上，你也会这般痛快招认的话，”狄公冷冷说道，“也算替本县省却了许多麻烦。”

孙鸣扬起两道浓眉，惊讶地问道：“县衙公堂？狄县令何出此言？”

“你害了五条人命，更不用说还有奸淫拐骗之罪，总不至于以为我会将你就此放过吧？”

孙鸣大声说道："狄老兄，你当然会将我就此放过——如果你非要用这鄙俗的说法不可。对我不利的证人，只有住持真智与包太太，如今他二人都已命丧黄泉。玉镜在世时，我曾亲自教训过两个女子，从此以后，在她们尚未完全驯顺听话之前，我从不现身露面。康小姐遭遇过的折磨，理应算在真智与包太太的头上。"眼见狄公断然摇头，接着又道："得了吧，狄县令，你是个聪明人，又何必令我失望呢！你根本无法提起讼事来对付我。若是你一意孤行，非要控告名满天下的前任国师孙鸣犯下一连串匪夷所思的罪行，且又全无一丝真凭实据的话，你那些顶头上司会作何感想？人人都会以为你发了疯，纯是胡言乱语，大好前程也将从此尽毁！到了那时，老夫定会觉得十分惋惜，因为我确实很喜欢你哩！"

"若是我为了证实此事，搬出你方才说过的宫廷秽事来作为旁证呢？"

孙鸣放声大笑："那桩小小的意外，因为牵涉到一些声名显赫之人，早已成为宫廷秘闻，被严密封锁起来，莫非狄老兄竟想不到这一层？你只要吐出一个字来，立时就会被降职发配到边远之地去——更有甚者，不定还会锒铛入狱，独自在监牢里凄凉惨淡地度过余生！"

狄公缓捋长髯，思忖半晌，叹息一声说道："果然如此，天师所言恐怕一点不错。”

“老夫所言当然不会有错！我很喜欢这一番倾谈，能与如你这般明达之人来谈论自己的喜好，实在是乐事一桩。不过我得正告狄县令一句，最好彻底忘掉这些事。你即将返回汉源城，想想自己不但破解了几桩错综复杂的疑难，并且在康小姐一事上还胜过老夫一筹，理应感到心满意足才是。我也将继续在这朝云观中安然度日，依旧我行我素下去，你自然不会设法加以约束，无论从明处还是暗处。你既然聪明过人，定会想到老夫在京师中仍是举足轻重。你已得到了宝贵的教训，即律法与习俗只是为平常百姓所设，而奈何不了如我这般的逸士高人。有些人乃是上天特意选出的骄子，老夫便是其中之一，由于学识渊博、才能出众，早已超越了通常所说的是非善恶等界限，从而高高凌驾于俗世的法度规章之上。常言道‘祸福无门，惟人自招’，明知祸事一来，势必家毁人亡，你断不会将这灭顶之灾招入自家院墙中去吧？老夫对你颇为看好，等到有朝一日升任要职时，你无疑会发觉这一教训很有用处，回想起这一席话来，还将十分感激老夫哩！”孙鸣站起身来，拍拍狄公的肩头，又欣然说道，“我们也该下楼去了。过不多久，观内道士便会开始预备早膳。此处仍是一片狼藉，过后我再清理不迟，先得去好生吃一顿饭。这整整一夜里，敢说你我都是楼上楼下四处奔走，好不辛苦忙碌!”

狄公随之起身，疲惫地说道:“确实如此，这就下楼去吧。”见孙鸣意欲拎起宽大的斗篷，又恭敬说道:“晚生来替天师拿着好了。外面天已转晴。”

“多谢多谢!”孙鸣说着，将斗篷交到狄公手里，“这山间的暴风雨还真是古怪，常常骤然开始，几有天崩地裂之势，大力肆虐一阵后，又会骤然停息。老夫倒也不是抱怨，毕竟每年只在此时才会发生。总体说来，此地的气候对我非常适宜。”

狄公提起灯笼，二人走出橱柜。孙鸣转动圆盘，关上密门，扭头说道:“据我想来，倒也不必更换此锁！并没几个人能如狄县令这般仔细，竟会注意到这太极图有些异样!”

二人默默穿过廊道，又沿着一行陡梯下去，走到三清大殿门口。孙鸣朝外张望一下，满意地说道:“果然已是风停雨歇。我们大可穿过庭院，径去斋堂中用饭。”

二人顺阶而下，步入庭院，地上的砖石在晨光中泛出一片青灰。这时狄公说道:“就在那边的仓房上面，另有一间密室，不知天师用来作甚？我见过有一扇小圆窗，几乎难以发现。或许不当问起此事?”

孙鸣止住脚步，惊讶地说道:“你说什么！老夫从不知道还有一间密室！以前的工匠们真是精通各种把戏。有狄县令在身边，实在受益良多！你在哪里看见的窗户，快指给我瞧瞧！”

狄公引着孙鸣走到一扇高高的大门前，门内便是东楼与仓房所在的房舍之间所夹的天井。狄公先将灯笼和斗篷放在地上，举起沉重的门闩，又推开门扇，待孙鸣迈步走入，随即退后一步、关起大门，重又加闩时，只听孙鸣在敲叩窥孔上的木板。狄公提起灯笼，打开窥孔，灯光正照在孙鸣的面上。只见他一脸惊诧，迷惑地问道：“狄县令这是何意？”

“意思就是你将在这扇门内受到裁判。你说过我无法在公堂上对你提起讼事，还真是被你不幸言中，正是因此，我才决意将你交给天上的判官去裁断，将由老天来决定究竟是你这犯下五桩血案的凶手在此偿命，还是我狄某人从此完结。孙鸣，你还有两次逃生的机会，而被你害死之人却一次都没有。你很可能被视若无物，从而毫发无损；或者当你遭到攻击时，可能会引起旁人的注意，从而救你出去。”

孙鸣勃然大怒，面皮紫涨，“你这自以为是的蠢货，居然还提到旁人？再过半个时辰左右，便会有许多道士在院内走动，他们自会立刻放我出去！”

“他们当然会放你出去——只要你能活到那个时候。”狄公肃然说道，“你并非独自一人在天井里。”

孙鸣顾视左右。就在这时，从黑暗中传来模糊不明的响动。

孙鸣抓住窥孔处的栅栏，将扭曲的脸面紧贴上去，口中狂叫道：“那是什么东西？”

“你自会知道。”狄公说罢，抬手关上窥孔，转身离去，再度走入大殿时，只听一声惊恐的嘶叫划破了寂静。

二十

狄公缓缓顺阶而上，走到三清大殿上方的平台处，见陶干仍无踪影，便拐入通往仓房的廊道，推开右手边第二扇窗户。只听见从下方传来低弱的呻吟，间有愤怒的吼叫，随后又是干涩的撕裂声，仿佛枯木折断一般。狄公抬眼望向对面客房的窗户，见遮板全都关得严严实实，不禁深吁了一口气。此案总算已有分晓。

狄公将孙鸣的斗篷放在低矮的窗台上，随即迅速走开。用过早饭后，须得起草一份关于孙鸣意外身亡的官文，死因便是他站在窗边打量黑熊时，由于探身出去太过，以致不慎坠入天井。

狄公长吁一口气，顺着原路折回平台。这时传来一阵急促的脚步声，只见陶干绕过拐角处，一路奔来，心满意足地笑道："我正要去找老爷哩！莫摩德已被我捉住，无须老爷再费神了！"

陶干引着狄公走入旁边的廊道。只见一个彪形大汉躺在地上，身穿道袍，手脚被牢牢捆住，全然不省人事。

狄公俯下身去，提起灯笼凑近打量，认出正是自己在仓房中见过的那个面相阴郁之人，当时旁边还有一名年长道士，自己曾问过他莫摩德是否来过。

“你在哪里找到他的?”狄公问罢，站直起来。[1]

“就在老爷上楼去孙天师的书斋后不久，我看见他偷偷摸摸溜过这里，就悄悄跟在后面。不过这厮十分狡猾，让我费了不少工夫才追到近身处，于是抛出油绳套在他头上，然后拽紧绳子，勒得他昏死过去，这才结结实实上了绑。”

“你还得再给他松绑才行!”狄公嘲弄地说道，“真凶另有其人，是我自始便误会了这一点。他原本姓刘，与其妹加入了一伙游民。不过他也自行其是，有时会扮作游方道士，有时又扮作伶人，即使果真粗野泼悍，但这次来朝云观的目的却无可厚非，只为一心要替他妹子报仇。你先给他解开绳索，然后过来与我一同坐下，我实在颇觉乏力。”

狄公转身走回平台处，留下陶干目瞪口呆站在原地。狄公在一张木头条凳上坐下，将头靠在背后的墙上。

一时陶干过来，狄公指指身旁，示意他也坐下，在

---

[1] 在 Dover 英文版中，无“站直起来”。

半明半昧之中，讲述了一番自己如何发现密室，又如何与孙鸣理论，最后说道："我将孙鸣的一头银发误认为是一顶套头铁盔，且又迟迟不悟，我倒不会因此而自责。只因他声名显赫，想来亦是品格端方，实难与如此卑污的行径联系起来。不过真智认罪后，证实观内确实发生过淫邪之事，我理应在那时便开始对他有所怀疑。"

陶干面露困惑之色，半晌后问道："为何老爷应该怀疑到孙鸣头上？"

"我那时就该想到，以孙鸣的机警练达，不会注意不到周围发生的异事。就在真智坠楼身亡后，孙鸣坚称自己总在书房里闭门不出，对观内发生之事不闻不问。听到此话，我本该更加怀疑他。我头一次见真智时，真智明明说过孙鸣一向对观内事务深有兴趣，二人的说法显然抵牾不合。我本该立即想到孙鸣与人命案有涉，真智想要拉他下水，因此孙鸣才将真智推下了平台。就在你我与宗黎一道喝茶时，我隐隐觉得哪里不太对头，可惜仍是没能窥破真情，非得摔碎了一只盘子，才看出这其中究竟有何关联！"

狄公长叹一声，缓缓摇一摇头，打个哈欠又道："道教一力深究生死之谜，不过渊博的学识可能使人自视过高，从而丧失本性，变为残忍无情的恶魔，那些平衡阴阳两性的深邃义理，也会降格为不可告人的采阴补阳之术。陶干，你可否想过，我们究竟能不能发现生命的秘密，并且这种发现能否令我们更加愉悦。道家有许多玄妙的思想，教育我们以德报德，也要以德报怨，然而以德报怨的说法却不适用于现在，而是属于将来更好的年代！那是关于未来的梦想，十分美好——却仅仅只是梦想而已。我更愿力行孔门儒家的现世智慧，教育我们对于他人和社会应负有哪些朴素的责任，并且以德报德、以直报怨！”过了半晌，又道：“完全忽视神秘莫测之事，自然也是愚蠢的做法。不过，我们以为神秘莫测的事件，大部分都能得到完全合乎自然的解释。就在你捉住莫摩德的廊道中，我曾经听见有人低声念叨我的名字。我也听说过此观内曾屠杀过许多人，鬼魂至今犹存，若是听到有人在念自己的名字，便预示着自己很快就会丧命。后来我走进仓房，看见莫摩德与另一个道士在里面，那人定是他的同伙，显然已帮他脱下戏服，又从箱子里取出道袍换上。如今我才明白定是他二人在议论我，结果回声居然传到了旁边的廊上，又正巧被我听见。”

“一点不错！”有人嘶声说道，“我的朋友说我应将妹子被人害死一事报告给你这县令，但是我更晓事些，知道你们这些狗官根本不会在意我们平头百姓！”

只见一名大汉赫然立于面前，正是莫摩德。

狄公抬眼打量他那魁梧的身形，徐徐说道："你本应听从朋友的建议，如此一来，会替你我省却许多麻烦。"

莫摩德怒目而视，手抚喉头处的一圈红印，走上两步，俯身靠近狄公，吼道："是谁害死了我妹子？"

"我已寻出了真凶，"狄公决然说道，"他招供后，被我判了死罪。令妹的大仇已报，你只需知道这些即可。"

莫摩德从怀里猛地抽出一把匕首，对准狄公的喉头，切齿说道："告诉我那厮是谁，不然你就没命了！害死她的人，应该留给我去亲手干掉！我才是她的亲兄弟，你能算是老几？"

狄公将两手笼入袖中，直盯着莫摩德喷火的两眼，缓缓说道："莫摩德，我代表律法，因此我才能为她报仇雪恨。"说罢垂下眼帘，再度开口时，语声忽然变得十分疲惫，"而且我将为此负责。"随即闭起两眼，复又将头靠在墙上。

莫摩德怒视着狄公苍白冷漠的面容，握在刀柄上的大手越攥越紧，直到骨节处凸起泛白，狭窄的额头上渗出滴滴冷汗，呼吸也变得粗重。陶干紧紧盯住那只握刀的手，不遑他瞬。

莫摩德终于移开视线，阴沉地瞥了陶干一眼，收起匕首，郁郁说道[1]："既然这样，我也不必继续留在此处了。"说罢转身踉跄离去。

过了半晌，狄公方才睁开两眼，木然说道："陶干，我方才说过的有关孙鸣的事，你必须通通忘掉。我们上报此案时，仍得说那三女是被真智与包太太虐害致死，康小姐也曾受过他们的折磨，孙鸣因为一场意外而不幸丧生。他还有三个儿子活在世上，我们不能平白毁掉别人的生活。有太多人正在千方百计地自毁前程，全是自己一手作弄而成！"

狄公与陶干静坐许久，默默聆听着从下方大殿中传来的诵经声，不时夹杂有敲击木鱼的声音。众道士仍在为真智念经超度，口中反复吟诵。狄公听出那几句是：

逝者如归，

归去故宅。

涓滴汇流，

千江入海。

狄公终于起身说道："你这就去仓房，将那开密门的机关封死。密室中放着那座裸女木雕，我将会下令禁止阎罗十殿里出现类似的塑像。密室被封锁后，便再也不会勾

---

[1] 在 Dover 英文版中，此处为"忽然说道"。

起他人作恶的念头！你我用过早饭后再会！”

二人顺着廊道走到头一扇窗户前，作为孙鸣失足证物的斗篷仍搁在那里。陶干继续前去，狄公打开窗上的遮板。

下方一片沉寂，忽然一个黑影从空中猛扑下来，直朝天井而去，后面又有一个接踵而至。原来是山间的秃鹫发现了食物。

狄公一路折返，沿阶而下走入大殿，又行至殿门前的开阔平台上，抬头望去，此时天边已经破晓，射出道道霞光。

狄公走下宽阔的台阶，直朝东楼正门而去，经过天井前的大门时，忽然僵立在地。只见一只血迹斑斑的人手搭在门上，指头残缺不全，乍一看还以为是孙鸣趴在门内，拼命想要逃脱出去。这时一只秃鹫落下，一把攫起断手，旋即振翅飞往山中。

狄公缓缓登上三楼，每走一步，都觉得后背疼痛不已，每上一层便要稍稍休息片刻，终于敲开自家客房的门扇时，脚底已打起晃来。

梳妆室内，几名侍女正忙着煽旺炭火、预备早饭。

狄公走入卧房，见三位夫人刚刚起床，窗帘仍然低垂，暗淡的烛光中，房内显得温暖而舒适。大夫人上身半裸坐在梳妆台前，二夫人三夫人仍穿着睡袍，正在帮她梳头。

狄公在小茶几旁重重坐下，摘去帽子，拿掉绷带，摸摸脑后肿起的地方，又将帽子小心戴上。三夫人朝这边定睛望了一眼，急急问道："那绷带还算管些用吧?"

"当然管用!"狄公动情地答道。

"我就知道会是这样!"三夫人欢然说罢，给狄公送上一杯热茶，又道，"我去把窗帘拉起，再将遮板打开，但愿风雨已经过去。"

此时大夫人正专心对镜梳理秀发，身形曼妙，姿态娴雅，二夫人从旁为她端着银镜。狄公呷着茶水，定定看了半日佳人晨妆的旖旎景象，抬手揉一揉两眼。如此宁静的气氛中，昨夜的种种惊险忽然烟消云散，仿佛只是一场噩梦而已。

大夫人理好云鬓，谢过二夫人，曳起睡袍掩住裸露的双肩，走到茶几前请安问好，见狄公形容委顿，不禁出声说道："老爷看去累坏了！这一夜究竟去了哪里？我见你回来过一次，从药箱里取出些东西。莫非出了什么事故不成?"

"有人突然发病，因此需要一些药物。"狄公含糊答道，"后来又出了些小岔子，不得不料理一番，如今总算

众夫人晨起早梳妆

事事都妥当了。”

“老爷本已受了风寒，着实不该在外面游逛一夜!”大夫人责怪地说道，“我这就去给你弄碗热米粥来，喝下去一定十分受用!”经过敞开的窗前时，朝外打量一眼，欣然说道，“今天回汉源城，必会一路顺利，看去将是一个大晴天!”

后　记

狄公在历史上确有其人，生于公元630年，卒于700年，早年时曾历任地方县令，赢得了长于断案的名声，后来在朝廷任职，成为一名卓越的政治家，对于唐朝的内政外交均有过重要影响。然而本书中描述的故事则完全是虚构而成，尽管有些情节出自中国古代典籍。例如关于猫眼的线索，笔者便是借用了宋代学者及文人欧阳修（1007—1072）的一则轶事。他藏有一张古画，画上有一只猫卧在一丛牡丹花下，花朵略显干枯，猫眼中的瞳孔呈一道黑线，因此认定此画作于正午时分。[1]

中国有儒、道、佛三教。公元一世纪时，佛教从印度传入中国。由于中国古代公案小说的作者几乎全是儒家学者，因此在作品中明显偏袒儒家，笔者将这一特色也用到了狄公案系列小说中。本书中描述的理想儒者与道士形象，取材于真实可靠的中国文本。

笔者所绘的插图是十六世纪明代风格木刻画，尤其借鉴了精美的明版《列女传》[2]，因此图中表现的服饰与习俗，皆是来自明代而并非唐代。敬请读者注意，在狄公生活的年代里，中国人不留辫子，这是1644年满族人入主中原之后才强加于中国人的习俗。男子将长发盘成顶髻，无论室内室外都戴着帽子。在几个世纪之后，烟草与鸦片才传入中国。

高罗佩

1961年7月7日

---

❶ 出自沈括《梦溪笔谈》之卷十七《书画》。原文如下：欧阳公尝得一古画牡丹丛，其下有一猫，未知其精粗。丞相正肃吴公与欧公姻家，一见曰："此正午牡丹也。何以明之？其花披哆而色燥，此日中时花也；猫眼黑睛如线，此正午猫眼也。有带露花，则房敛而色泽。猫眼早暮则睛圆，日渐中狭长，正午则如一线耳。"

❷ 原名为《仇十洲绣像列女传》，由明代新安汪氏在西汉刘向《列女传》的基础上增辑而成。全书分上、下两卷，插图由明代著名画家、吴门四家之一的仇英（号十洲）所绘。

译后记

此书是狄公案小说“新系列”中的第二部作品。1958年，高罗佩先生担任荷兰驻中东公使时，在黎巴嫩贝鲁特写成此书。1961年10月，高罗佩先生担任荷兰驻马来西亚大使时，此书的英文本由马来西亚吉隆坡的艺术印刷社（Art Printing Works，Kuala Lumpur）出版，名为*The Haunted Monastery*。1962年，此书的荷文本由荷兰范胡维出版社（W. van Hoeve Ltd.）出版，名为*Het Spookklooster*。

关于此书的写作背景，高罗佩先生的幼子托马斯·范·古利克（Thomas van Gulik）曾有过如下记述：“在吉隆坡父亲写了《朝云观》。他是在槟城的小岛上小住时获得了这部狄公侦探小说的灵感的。当时我们访问了极乐寺。该寺庙有许多楼阁和附属建筑物，给人留下深刻印象。漫长的一条路通往一座山的顶峰，该寺庙位于山顶上。不过，如同在传记里写的那样，写该小说的故事的灵感，是父亲到北京白云观从那儿的道士们和一个道长那里获得的。”[1] 关于白云观的说法，亦可从高罗佩先生本人的自传稿中得到印证。1946 年 5 月 18 日，高罗佩先生到达北京，“这次在北京逗留期间，我参加了当地一些音乐团体的聚会，多次访问了著名的古老道教建筑白云观。白云观观主安世霖是一位伟大的学者和优秀的古琴演奏者。我后来听说，让他倒霉的是，他放纵自己，用年轻的女人去做了各种玄妙的试验。几年后，道士们发现了这些事情，在共产党的军队逼近北京时，道观里的道士们把他活埋了。后来我利用这些资料写了《大唐狄公案》系列中的《朝云观》。”[2] 此处的记述与史实略有不符，就在 1946 年 11 月 11 日夜间，身为白云观住持的安世霖被其他道士放火烧死，同时被烧死的还有监院白全一。

高罗佩先生一向博闻强识，记忆力十分惊人，对于如此重要的事件，居然会记错吗？《大汉学家高罗佩传》英文版引用的 1964 年自传稿中确实记为活埋（buried alive），然而在荷兰作家扬威廉・范・德・魏特灵所写的传记《高罗佩：他的生活，他的著作》

---

[1] ［荷兰］C. D. 巴克曼，［荷兰］H. 德弗里斯著，施辉业译：《大汉学家高罗佩传》，海南出版社，2011 年，第 12 页。这一说法似有疑问，因为此书创作于高罗佩先生在马来西亚任职之前。

[2] 《大汉学家高罗佩传》，第 140 页。

中，引用了高罗佩先生1961年发表在荷兰杂志上的一篇文章的片段，却提到安世霖被活活烧死（burned alive）[1]。译者后来在美国波士顿大学查阅过高罗佩先生的手稿资料，有一篇写于1966年的文章中亦述及此事，在其打印稿上，将buried一词里的i亲手改为n。综上所述，在此仅仅作一猜测：自传稿中的“活埋”，未必一定是作者写错，而有可能是在引用时被看错所致；即使确是作者写错，也更可能是由于笔误或打字错误，而并非是记忆有差。

本书第八章中对于太极图的解析，可参见高罗佩先生的另一部著作《中国古代房内考》[2]第二章中的“《易经》与阴阳五行”一节；有关道教秘术的内容，可参见第二章中的“中国人的基本性观念”与第四章中的“道家的性修炼”两节。

第十九章中狄公判孙鸣受天罚的情节，或是取材于干宝《搜神记》卷二中关于扶南王范寻的一段轶事，原文如下：“扶南王范寻养虎于山，有犯罪者，投与虎，不噬，乃宥之。故山名大虫，亦名大灵。又养鳄鱼十头，若犯罪

---

[1] Janwillem van de Wetering: *Robert van Gulik: His Life, His Work*, Soho Press, New York, 1998, p. 57.

[2] ［荷兰］高罗佩著，李零、郭晓惠、李晓晨、张进京译：《中国古代房内考》，商务印书馆，2007年。

者，投与鳄鱼，不噬，乃赦之，无罪者皆不噬。故有鳄鱼池。”

本书中提到的毒物，原文是 nightshade，泛指茄科植物，其中多种均含有毒性，包括曼陀罗在内。曼陀罗可用作迷幻剂与麻醉剂，其花的主要成分东莨菪碱的作用是使肌肉松弛，汗腺分泌受抑制，因此古人将用曼陀罗花制成的麻醉药命名为“蒙汗药”。曼陀罗全株有毒，以种子毒性最强，误食后皮肤潮红、心跳呼吸加快、头晕，两小时之后可出现谵妄、幻觉、幻听、躁动、意识障碍等精神症状，进而发生昏迷及呼吸、循环衰竭而死亡，与书中描述的玉镜中毒后的表现十分相符。在此赘述一点，高罗佩先生始终对医学非常感兴趣，对于疾病和药物也做过大量的研究，总是随身携带着《荷兰医学手册》。[1]

在第五章中，高罗佩先生运用拆字法，将 nightshade 一词拆成 night 和 shade，然后嵌入诗句 Defeat for ever the deadly shades of night，译者亦照此法，将“曼陀”二字嵌入“长夜漫漫盘陀路”一句中。另有第十九章中，孙鸣杀死包太太，分尸后又抛下山谷，原文在对话里运用谐音来

---

[1] 《大汉学家高罗佩传》，第 180 页。

表现孙鸣的凶残与冷酷，her pieces will rest in peace，译者则选用“尸解升仙”一词来表达这一双重含义。“尸解”又称“蝉蜕”，是道教关于成仙的一种说法，认为道士得道后可遗弃肉体而仙去，或者不留遗体，只假托一物（如衣、杖、剑）遗世而升天，在此处仅看字面，又可含有分尸肢解之意。以上的变通处理，或许不够完善，但仍须加以说明，唯愿读者能够充分领会到高罗佩先生的巧妙构思。

译者在进行翻译时，使用的英文版本是 Charles Scribner's Sons 出版社 1969 年美国初版，也是 1963 年海涅曼出版社（William Heinemann Ltd.）英国初版的翻印。在本书正文脚注中多次提到的 1977 年纽约 Dover 版，注明采用 1961 年马来西亚初版，“无删节并稍作校订”，但是在三处地方与马来西亚初版也有不同。第十七章开篇处的一段文字，在马来西亚初版、英国初版与荷文本中居然各不相同。另外，马来西亚初版中第十三章的插图，与英国初版也略有不同。

对比这两张插图，明显可见前者是初稿，而后者是加工过的改稿。所有这些不同的文字，究竟是高罗佩先生本人对马来西亚初版进行修订的结果（最后几章中多处“石膏”变为“颜料”，似应来自作者的改动），还是由于

马来西亚初版插图

英国初版插图

出版社的粗疏大意而产生的错误（第二十章中的“忽然”变为“郁郁”，suddenly 与 sullenly 的拼写颇为接近，猜测或为误认所致），暂且难以断定。不同版本之间存在细微差别的状况，译者在翻译过程中还是首次发现，因此不揣冗赘，一一注出，以供有兴趣的读者和研究者们参考利用。

张　凌

2019 年 5 月

图书在版编目(CIP)数据

朝云观/(荷)高罗佩(Robert van Gulik)著;
张凌译.—上海:上海译文出版社,2020.5(2024.2重印)
(大唐狄公案)
书名原文:The Haunted Monastery
ISBN 978-7-5327-8331-1

Ⅰ.①朝… Ⅱ.①高… ②张… Ⅲ.①侦探小说-荷兰-现代 Ⅳ.①I563.45

中国版本图书馆CIP数据核字(2020)第056140号

Robert van Gulik
The Haunted Monastery
根据Charles Scribner's Sons 1969年初版译出

朝云观
[荷兰]高罗佩 著 张凌 译
责任编辑/顾真 装帧设计/张志全工作室

上海译文出版社有限公司出版、发行
网址:www.yiwen.com.cn
201101 上海市闵行区号景路159弄B座
苏州市越洋印刷有限公司印刷

开本 889×1194 1/32 印张 7 插页 4 字数 74,000
2020年6月第1版 2024年2月第6次印刷
印数:20,351—24,350册

ISBN 978-7-5327-8331-1/I·5110
定价:42.00元